인생을 바꿔라

강준현 장편소설

FUSION FANTASTIC STORY

인생을 바꿔라 7

강준현 장편소설

초판 1쇄 찍은 날 § 2016년 9월 8일
초판 1쇄 펴낸 날 § 2016년 9월 15일

지은이 § 강준현
펴낸이 § 서경석

편집책임 § 이창진

펴낸곳 § 도서출판 청어람
등록번호 § 제387-1999-000006호
등록일자 § 1999. 5. 31
어람번호 § 제1-2522호

주소 § 경기도 부천시 원미구 부일로 483번길 40 서경B/D 3F (우) 14640
전화 § 032-656-4452 팩스 § 032-656-4453
http://www.chungeoram.com
E-mail § chungeorambook@daum.net

ISBN 979-11-04-90963-4 04810
ISBN 979-11-04-90783-8 (세트)

인생을 바꿔라

7

강준현 장편소설

FUSION FANTASTIC STORY

도서출판 청어람

인생을
바꿔라

목차

제1장	과거의 나	7
제2장	손지예	47
제3장	똑같이 당해봐	85
제4장	악연의 끝	121
제5장	싫지만 해야 할 일	159
제6장	류성철	195
제7장	그가 전달하고자 한 것	233
제8장	사랑해	273

제1장

과거의 나

뻑! 뻑! 뻑! 뻑! 뻑!

입에서 시작된 다섯 개의 도넛 모양의 담배 연기는 처음 것이 가장 느리게, 마지막 것이 가장 빠르게 날아가 한 지점에서 모두 만났다.

그리고 만들어진 선명한 오륜기.

10년 경력의 흡연가가 아니면 시도조차 할 수 없고 설령 10년 넘게 피워도 하늘—정확하겐 바람—이 돕지 않는다면 만들 수 없다는 담배 연기 오륜기가 만들어진 것이다.

"드디어 성공을 하는군. 하하하하!"

웃는 사이 오륜기는 점점 모양이 깨지면서 공기 중으로 사라져 버렸다.

새로운 담배에 불을 붙이고 다시 한 번 시도해 볼까 하는데 부스럭거리는 소리가 들렸다.

바닥을 안방 삼아 쓰러져 있던 사내가 일어난 것이다.

사내는 쓰러져 있는 어린 여자애의 안위가 걱정되는지 내 눈치를 보며 그녀를 요리조리 살폈다.

'쯧! 저런 걸 믿어야 한다니⋯⋯.'

빙의를 한 대상이 상태가 안 좋아서인지 당당함이란 찾아볼 수도 없는 어정쩡한 자세로 두리번거리는 꼴이라니 믿음이 전혀 가지 않았다.

난 애꿎은 담배만 뻑뻑 피우다가 한숨을 내쉬듯이 말했다.

"살아 있다."

"⋯넌 도대체 뭐지?"

"우문이군. 제법 똑똑한 줄 알았는데⋯⋯. 뭐, 곧 이해하게 되겠지."

"뭔 소리야!"

말하는 꼬락서니 봐라. 머리는 장식인 거냐? 머리 굴릴 생각은 안 하고 그저 남에게 물을 생각뿐이라니.

과연 저런 놈에게 맡기고 떠나는 것이 최선인지 심히 걱정된다.

'어쩌겠어. 멍청해도 저게 미래의 나인데.'

그랬다.

우여곡절 끝에 대한민국의 존재를 없애는 원흉을 찾아 죽이려는 찰나, 생각지도 않은 놈이 나타나 방해를 한 것이다.

성질 같아선 죽여 버리고 싶었지만 그럴 수 없는 것이 누군가를 죽이면 등가교환의 법칙으로 내 근원인 에너지가 그만큼 줄어드는데 지금은 딱 한 명을 죽일 수 있는 에너지밖에 없었다.

즉, 저 거지 같은 녀석을 죽이고 나면 목표물인 류성은을 죽이지 못한다는 말이었다.

그래서 조금 괴롭혀 주는 것으로 끝내려고 하는데 뜬금없이 내가 만든 구를 눈으로 보는 거 아니겠는가.

순간 여러 가지 생각이 맴돌았지만 읽어낼 수 있는 것을 앞에 두고 굳이 생각하는 건 바보짓이었다. 냉큼 놈의 기억을 읽었다. 뭔가 가로막고 있긴 했지만 나에겐 식은 죽 먹기보다 쉬웠다.

기억을 읽고 난 다음 거지 같은 놈 안에 미래의 내가 들어가 있음을 알게 되었다. 그리고 현재 내가 시간의 소용돌이에 들어와 있음을 알게 되었다.

시간의 소용돌이는 동시에 일어날 수 없는 두 개의 사건이 한꺼번에 일어나는 경우 발생하는 것으로 제대로 풀어야만 벗어날 수 있는 일종의 시간의 함정이었다.

가령 지금 같은 경우 내가 류성은을 죽인다면 나는 등가교환의 법칙에 따라 에너지를 잃게 되어 죽게 될 것이다.

그럼 미래의 나는 어떻게 되겠는가.

당연히 존재할 수 없는데 이 자리에 있게 되니 모순에 빠지게 되는 것이다.

시간의 흐름은 몇 번이고 고쳐지는 건 관여를 하지 않지만 오류나 모순은 무척이나 싫어한다.

어느 이론에선 그렇게 되면 시간이 갈라져서 새로운 차원을 만들어낸다고 하지만 그것은 모든 면에서 낭비다.

각설하고 시간은 오류나 모순이 일어나면 시간의 소용돌이를 만들어 격리를 시킨 후 해결될 때까지 무한 루프를 돌린다.

즉, 내가 류성은을 죽인다면 영원히 이 시간의 소용돌이에서 빠져나갈 수 없다.

답은 정해져 있었다. 그리고 시간은 그 정해진 답을 친절하게 나에게 알려주며 알아서 하라고 말하고 있는 것이다.

난 순응하는 존재였다. 탄생도, 내가 할 일도 있는 그대로 받아들이지 않았던가.

무엇보다도 죽지 않는다는 게 가장 마음에 들었다. 나라고 빙의 대상이 사라지는 게 좋을 리가 없었다.

"시끄러워! 힘도 제대로 쓸 줄 모르는 주제에 입만 살아서는. 내가 할 일은 끝났다는 소리야. 그 아이를 죽이든 살리든 니 맘대로 해."

지금 내가 류성은을 살리는 건 시간의 소용돌이에서 벗어나려는 것 때문이지 저주와 같은 내 숙명에서 벗어나려는 것 때문은 아니었다.

언젠가 미래의 나는 류성은을 죽이기 위해 아등바등할 게 분명했다. 에너지를 잃게 될 것이라는 걸 알면서도 약간의 힌트를 줬다. '죽이든'이라는 말을 좀 더 강조했다.

그러나 멍청한 미래의 난 역시나 못 알아들었다.

수많은 나의 능력을 잃은 것보다 두뇌를 잃은 것이 최대의 핸디캡이었다.

난 그가 조금 건설적인 질문을 하라고 담배를 피운다는 핑계로 일부러 시간을 끌었다.

근데 류성은의 안부를 묻고 있으니 답답할 따름이었다. 그나마 구에 대한 얘기를 물었기에 다행이지 아니었으면 놈의 목을 졸랐을지도 몰랐다.

"하하하! 매일 아침 거울을 보며 나를 잊지 말라고."

멍청한 놈을 위해 또다시 약간의 에너지를 희생해 힌트를 준 후에야 그 자리에서 벗어났다.

나는 빙의 대상을 적당한 위치에 놓아둔 후 빠져나와 두 번 다시 못 갈 줄 알았던 스위트 홈으로 올라갔다.

'어젠 장례식장 불빛처럼 보이던 것이 오늘은 크리스마스트리 같네.'

시시각각 여러 가지 색깔로 바뀌는 대한민국을 보니 어제완 또 달랐다.

＊　　　　＊　　　　＊

"아~ 짜증 나! 내가 왜 그 자식 뒤치다꺼리를 하고 있어야 하냐고."

시간의 소용돌이가 생기면서 내가 살아남은 것까지는 좋았다.

근데 이 멍청한 놈이 지 인생을 바꾸겠다고 인생을 두 번이나 바꾼 것이 화근이 된 모양이었다.

사람의 미래는 정해져 있지 않았다. 그저 시간의 흐름에 따라 기록될 뿐이었다.

한데 내가 에너지체도 아닌 인간으로서 삶을 살면서 이미 저장된 기록을 멋대로 바꾸고 또 그 바뀐 기록마저 기억하다 보니 시간은 미래의 나를 하나의 오류쯤으로 생각하게 된 게 틀림없었다.

미래의 내가 움직이는 모든 시간대를 시간의 소용돌이로 만드는 건 낭비였다고 생각했는지 시간은 영악하게 오류가 어떤 짓을 하든지 간에 무조건 A, 혹은 B라는 결승점에 이르게 만들었다.

A가 성공과 삶이라면 B는 실패와 죽음이었다.

난 A 지점의 끝점에서 시간을 거슬러 내려오면서 쭉 살펴보았다. 그리고 나는 미래의 내가 A 지점에 이르는 것은 불가능에 가깝다는 걸 알게 되었다.

모든 갈림길마다 정답을 알려주면 좋겠지만 현재의 나로서
는 불가능한 일.

내가 할 수 있는 일은 몇 가지 없었다.

그저 미래의 내가 결정해야 하는 수많은 갈림길 중에 한번
어긋나면 무조건 B지점으로 가는 부분을 알려주는 등 몇 가
지 준비만 해둘 생각이었다.

"그때 그냥 내가 끝냈어야 하는데. 쯧!"

후회를 한다고 다시 그 시간대로 갈 수 있는 것도 아니었기
에 투덜거림으로 대신했다.

나는 등산객의 몸에 빙의를 해 미래의 내가 살고 있는 집의
불을 일일이 켰다. 그리고 지하로 내려가 향초를 피워놓았다.

사실 그의 기억을 읽었기에 거칠 게 없었다.

내가 다녀갔다는 티가 팍팍 나게 만들어놓고 밖으로 나온
난 CCTV가 감시하고 있는 벽으로 가서 수정, 주란, 미희, 아
연, 희숙, 미나, 아름, 민정. 여덟 개의 이름을 적었다. 그리고
그들이 원하는 대로 배우가 되라고 적는 순간 빙의 대상에게
서 튕겨져 나왔다.

'젠장! 이 정도도 이젠 안 되는 건가?'

사실 지금 내가 하는 것 또한 어찌 보면 시간의 소용돌이
가 일어날 짓이나 다름없었다.

아무리 중요하고 반드시 해야 할 일이었어도 미래의 나의

기억을 읽고 그대로 하고 있으니 뭔가 모순이지 않은가.

그러나 이미 오류 수정을 하고 있는 중이라서 그런지 튕기는 걸로 끝난 모양이었다.

'생각해 둔 걸 다 할 수 있을지도 걱정이군.'

어리둥절해하는 등산객을 두고 다시 집으로 올라갔다. 잠시도 쉴 틈이 없었다.

과거로 가면 모든 게 해결될 거라고 생각하는 미래의 나, 김철에게 경고를 해줄 필요가 있었다.

문제가 발생할 때마다 과거로 쪼르르 달려간다고 쉽게 해결될 것 같지만 새로운 문제를 발생시킬 가능성도 높았다.

게다가 현재와 멀면 멀수록 잘못하면 빙의 대상이 사라질 가능성도 배제할 수 없었다.

'그나저나 A 지점의 끝이 너무 가변적이고 희미해. 막연히 이르면 대한민국의 미래를 바꿀 수 있고 삶을 지속할 수 있다는 정도의 느낌뿐이니……'

실패와 죽음을 나타내는 B는 명확한 데 비해 A는 너무 불분명했다. 대비를 하는 와중에 틈틈이 가봤지만 언제나 마찬가지였다.

A 지점의 끝부분을 생각하던 난 목표물이 나오는 것을 보고 정신을 차렸다.

구를 만들었다. 그리고 구에 한 가지 능력을 더했다.

구를 빙의 대상의 머릿속에 기생충처럼 남아 있게 하는 능력이었는데 이렇게 하는 것만으로도 빙의 대상은 김철이 과거를 바꾸어도 바뀌기 전의 과거를 기억할 것이다.

물론 바뀔 때마다 에너지가 소모되겠지만 세 번쯤은 버틸 수 있을 것이다.

구를 목표물에게 쏘았다.

목표물은 잠시 이상한 느낌이 나는지 두리번거렸지만 곧 아무 일 없다는 듯 계속 걸어갔다.

똑똑!

목표물이 사라지는 걸 보고 있는데 경찰이 다가와 차창을 두드렸다.

차창을 내리자 경찰이 경례와 함께 말을 했다.

"수고하십니다. 여기 차 세워두시면 안 됩니다."

"아, 예. 국정원 친구가 나오기로 해서 기다리고 있는데 이 녀석이 빨리 나오질 않네요. 지금 바로 치우겠습니다."

"그렇습니까? 당장은 아니더라도 가급적 10분 안에 치워주시면 감사하겠습니다. 협조 감사합니다."

경찰차가 지나가고 난 바로 시동을 걸었다. 구를 한 명에게 더 남길 생각이었다.

*　　　　*　　　　*

김철을 위해 대비를 해놓느라 이러저리 뛰어다니다 놀라운 사실을 하나 알게 되었다.

어쩌면 내 존재가 독립을 원하던 선조들의 염원이 아닌 태어나자마자 자장가 대신 할아버지의 옛이야기를 들은 아기가 만들어낸 정신체일지도 모른다는 것이었다.

사실을 알게 되었을 때 약간의 놀람은 있었지만 그뿐이었다.

내가 정신체라는 사실은 똑같았고 내가 어떻게 존재했든 간에 내게 주어진 과제는 변함이 없었기 때문이었다.

게다가 이미 김철에게 전할 메시지까지—극히 일반적인 사실들을 열거한—만들어둔 상태인데 그것을 남길 에너지도 없었다.

다만 그러한 사실을 알아서인지 희미하던 A 지점의 끝 부근이 조금은 명확해졌다는 것이 그나마 위안이었다.

간당간당한 에너지가 남아 있어 집에서 빈둥대다가 잠들 생각을 하던 나는 한 가지를 더 하기 위해 몸을 움직였다.

전북의 작은 항구에서 얼마 떨어지지 않는 곳에 위치한 창고 안은 엉망진창이었다.

여기저기 팔다리가 꺾여 신음 소리를 내는 사내들이 널브러져 있었고 그들 사이사이에 일명 사시미라고 불리는 회칼과 알루미늄 야구방망이 따위의 무기들이 아무렇게나 흩어져 있었다.

이번엔 힘쓸 일이 필요했는데 공격용 구를 만들 에너지도 부족했기에 강한 인물에게 빙의했다.

이번에 빙의한 인물은 확실히 강했다.

주먹을 휘두르면 상대방이 방어를 해도 그것을 뚫고 뼈를 부러뜨렸으며 스치기만 해도 상대는 일어나지 못했다.

난 내가 만들어놓은 광경을 한 번 더 훑어보곤 열심히 기어 사시미를 집으려 하는 사내에게 다가갔다. 그리고 단전에 힘을 주고 그의 무릎을 밟았다.

부드득!

"아아아아악!!!"

남아 있던 한 발마저 부러져 이상한 각도로 꺾이자 사내는 자신도 모르게 콘크리트 바닥을 박박 긁으며 비명을 질렀다.

동정할 여지가 없는 자였기에 무심히 물었다.

어차피 얼마 뒤에 여자의 아버지에 의해 모두 죽게 될 자들이었다.

"여자들은?"

"…크윽! …저, 저기 밑에."

"철제 서랍장 밑에?"

"으윽! …네, 네 거기 밑에 철문이… 컥!"

그는 더 이상 대답을 하지 못했다. 내가 그대로 올려 차서 기절을 시켰기 때문이었다.

서랍장과 앞에 놓인 소파를 치우자 작은 철문이 나타났다.

그것을 들어 올리자 멍하니 앉아 있는 여자를 제외하고 여섯 명의 여자가 두려움에 벽 쪽으로 붙었다.

"저 여자만 빼고 나머진 밖에 놈들의 차가 있으니 타고 대도시로 도망가."

여섯 명의 여자는 잠시 눈치를 보다가 한 명이 움직이기 시작하자 일제히 밖으로 나와 창고를 빠져나갔다.

내가 찾던 여자는 정신이 반쯤 나간 여자였다. 다른 여자들에겐 관심 없었다.

"지금 구해주지 못해서 미안해. 하지만 곧 구해질 거야. 그때까지 조금만 참아."

내가 말을 했지만 그녀에게서는 어떤 반응도 없었다.

아슬아슬하게 남은 에너지로 구를 만들었다. 그리고 몇 가지 조작을 한 후 그녀에게 쏘았다.

부디 미래의 내가 이 불쌍한 여자에게 측은지심을 느껴서 에너지를 소모하길 바라며 철문을 닫았다.

창고 밖으로 나가자 여자들은 한 차에 탄 채 떠나고 있었다. 난 그들의 차가 사라지는 방향으로 조금 걷다가 한적한 곳에 세워둔 차에 올라 서울로 향했다.

이제 서울로 빙의 대상을 데려만 놓으면 지겨운 뒤치다꺼리도 끝이었다.

끼이익!

차가 순간적으로 휘청거렸다. 나는 차의 중심을 잡으려 했지만 팔에 힘이 들어가지 않았다.

'빌어먹을!'

어느새 입을 열 힘도 남아 있지 않았다.

서울이 눈앞인데 기름이 떨어진 것이다.

기름이 없다고 경고 메시지를 보내는 게이지처럼 경고를 줬다면 갓길에라도 차를 세웠을 텐데 탈력감이 너무 급작스럽게 찾아오는 바람에 그럴 겨를이 없었다.

'옆으로, 옆으로 갈 힘만 줘! 제발!'

한 차선만 넘어가면 갓길. 난 사라지려는 에너지를 붙잡으며 핸들을 오른쪽으로 돌리기 위해 애썼다.

염원이 이루어졌을까.

약간의 힘이 들어갔고 차는 우측으로 움직였다.

그러나 운이 없었다.

뒤에서 오는 트럭을 보지 못한 것이다.

빠아아아아아앙! 빵! 빵!

쾅! 우지직! 우직!

빙의 대상에 대한 소유권이 사라지고 있는 중이라 폭탄이 터지는 듯한 큰 소리도, 유리 파편이 날아와 얼굴에 박히는 고통도, 셀 수 없을 만큼 돌고 있는데 어지럽다는 느낌도 없었다.

그저 미래의 나인 김철에게서 읽었던 기억 중 하나가 떠올랐다.

'그러고 보니 그의 아버지가 교통사고로 돌아가셨을 때가 바로 오늘이었구나.'

이제 곧 사라진다는 슬픔보다 김유성을 이렇게 죽게 만든 것이 자신이라는 생각에 슬펐다.

차는 갓길 벽에 부딪힌 다음에 멈췄다.

내 몸, 아니, 김유성의 몸에서 흐르는 피가 눈으로 들어와 세상을 붉게 만든다.

휘어지고 깨진 백미러로 엉망진창이 된 김유성의 모습이 보였다.

정신이 아득해졌다.

지금의 나의 기억과 미래의 기억이 하나가 되어 섞였다.

'…아버지, 죄송해요. 전 언제나 아버지에게 폐만 끼치는 것 같아요. …만일 제가 성공을 한다면 …그땐 정말 …효도 …할게… 요. 그리고… 사랑해요, 아버지.'

마음은 한없이 무거웠지만 내 몸은 서서히 하늘로 떠오르기 시작했다.

사라지는 것은 아니었다.

에너지가 모이길 기다렸다가 다시 살아날 것이다.

*　　　　*　　　　*

"네게 얻은 상처 때문에, 네가 남긴 지랄 같은 사념 때문에 내가 이렇게 되었다고 생각하진 않아? 밤낮없이 머릿속에서 속삭이는 그 지독한 민족주의가 얼마나 날 미치게 했는지 알아! 그래서 생각했어! 네 녀석이 그토록 바라는 걸 내가 깨주겠다고!"

모든 것이 내 탓이라고 말하는 류성은의 눈빛은 광기에 물들어 있었다.

그런 그녀의 행동에 많이 놀랐다. 설마 그때 머릿속에 그런 사념이 남았을 줄 누가 알았겠는가.

물론 과거의 내가 한 짓이긴 하지만 어린아이에게 그런 사념을 남겼다면 그에 대해선 비난받아 마땅했다.

다만 그녀가 착각하고 있는 게 있었는데 내가 개입을 안 했다고 해도 그녀는 미래의 대한민국을 일본에 팔아넘겼을 게 분명했다.

왜냐하면 과거의 내가 그녀를 죽이려 했던 이유가 그 때문 아닌가.

"…왜, 내 얼굴에 뭐 묻었어?"

2027년에서 현실로 돌아오자마자 한국에 도착했다는 류성은의 전화를 받았다. 분명 일 때문에 왔겠지만 이렇게 보니 왠지 묘한 기분이 들었다.

평소 쓰던 퉁명스럽던 목소리는 중국에 두고 왔는지 그녀답지 않게 은근한 목소리로 물었다.

불과 몇 시간 전에 원한이 가득한 얼굴로 외치던 그녀를 봐서인지 적응이 되지 않았다.

"돌려줘! 돌려달란 말이야!"

특히 마지막에 울면서 외치던 그 모습엔 내 마음까지 울컥해지는 기분이었다.

'어쩌면 연기였는지도 모르지.'

그 모습에 빈틈을 보이게 되었고 결국 지붕으로 접근해 온 경호원에게 잠깐 붙잡히게 된 것이다. 물론 경호원을 처리하는 건 어렵지 않았으나 그 짧은 순간만으로도 전세가 역전되기에 충분했다.

내가 대답 없이 빤히 보자 류성은은 뭔가 묻었다고 생각했는지 거울을 꺼내 확인했다.

그 모습에 피식 웃음이 나왔다.

"안 묻었어. 그냥 성은이 넌 어떤 남자 스타일을 좋아할까 생각하고 있었다."

"이게 정말! 내 사정 빤히 알면서도 그러면 기분이 좋니? 헛소리 말고 술이나 마셔."

"장난치는 거 아니라 정말이야. 내가 아는 사람 중에도 너처럼 남자를 극단적으로 혐오하는 여자가 있는데 결혼해서 애를 낳았어."

"…정말? 증세가 나보다 약했나 보지."

"걘 나를 봐도 질색을 했었어. 넌 나랑 격투기를 해도 괜찮잖아?"

"넌 나한테…남자가 아냐. 친구지. 그래, 친구."

"그냐? 아무튼 나중에 마음에 드는 남자 만나면 말해라. 내가 최대한 도와주마."

이 정도에서 마무리를 지었다.

사실 이제부터 본격적으로 류성은을 막을 생각인데 2~3년 후에 남자를 만날 수 있을지도 미지수였다.

"근데 중국 일은 잘되어가?"

"덕분에. 모든 매장이 한시도 쉴 틈이 없을 정도로 바쁘게 돌아가고 있어."

"축하할 일이네."

"어째 영 반응이 시원찮다?"

"그럴 리가. 투자한 회사가 잘된다면 나야 좋지."

"그리고 이번 기회에 창천S&C 홀딩스라는 지주회사를 만들어 화학과 화장품은 아예 자회사 형태로 전환하려고. 그래서 하는 말인데 니가 가진 화장품 주식은 어떻게 할래?"

"뭘 어떻게 해?"

"화장품 주식으로 가지고 있을래, 아님 홀딩스 주식으로 전환할래?"

"너 좋을 대로 해. 난 사업엔 젬병이잖아."

"그럼 홀딩스 주식으로 해. 지금은 다소 손해인 것처럼 보여도 나중엔 분명 오늘의 선택이 신의 한 수가 될 테니까. 대신 절대적으로 내 편이 되어줘야 해."

"그럴게."

'미안. 아마 그러지 못할 거야.'

아무리 내가 사업에 무지하다 해도 그녀가 화학과 화장품을 자회사로 하는 지주회사를 만드는 이유는 미래를 봤기에 아주 잘 알고 있었다.

현재 오빠들이 가진 창천화학의 주식 비율을 낮추고 지배권을 공고히 하기 위해서였다.

그녀의 멍청한 오빠들은 가치 없고 별것 아닌 화학의 주식보다는 승승장구하는 화장품까지 포함된 홀딩스 주식을 가지게 되어 기뻐하겠지만 나중에 그녀의 아버지가 창천화학에 자신이 가진 그룹의 주식을 증여함으로써 그녀가 창천그룹을 집어삼키게 되는 계기가 되어버린다.

물론 그것은 계기일 뿐이지 결정적인 것은 그녀의 사업 수완과 그들의 방만한 경영 때문이지만 말이다.

"아! 둘째 오빠가 드라마 촬영 끝났으니 조만간 술이나 한번 하재. 귀찮게 해서 미안."

"아냐. 안 그래도 한 번쯤 보려고 했어. 내가 연락해서 만날게."

일 얘기가 끝나자 류성은은 할 얘기가 없는지 애꿎은 술잔만 괴롭혔다.

평소라면 내가 장난도 치고 대화를 유도했겠지만 오늘은 그럴 기분이 아니었다.

누가 더 오래 입을 열지 않나 게임의 패자는 류성은이었다.

"다른 곳에서 가서……"

"아! 잠깐만. 정연이한테 전화 왔다. 응, 정연아."

—아직 호텔인가 보네? 오늘 성은이 온다고 해서 기다리고 있는데 얘가 일이 있는지 연락이 없네.

류성은은 평소 지내는 청계산 아래의 집 말고도 아파트가 있었는데 최정연은 그 아랫집으로 이사를 한 상태였다.

그래서 류성은이 한국으로 오는 날이 데이트하는 날이기도 했다.

"성은이 여기 있어."

—에? 걔가 왜 거기에……? 아하! 지주회사 만드는 것 때문에 너한테 할 얘기가 있다더니 바로 그쪽으로 갔구나? 하여간 성격도 급해요.

"바람피운다고 오해는 안 하나 보네?"

—호텔이니 한번 안아주고 오든가.

"진짜?"

—능력 되면 해. 그러다 죽으면 묻어는 줄게, 호호호! 얘기 끝났으면 이리 와. 더 나긋나긋한 내가 안아줄게.

"알았어. 갈게."

전화를 끊고 류성은이 물었다.

"정연이?"

"응. 지금 집으로 오래. 한데 아까 무슨 말 하려 하지 않았어?"

"…아무것도 아냐. 가자."

며칠간 지냈던 호텔에서 나와 류성은과 함께 최정연의 집으로 갔다.

엘리베이터에서 내려 비상계단을 통해 내려가려는데 류성은은 그대로 서 있었다.

"왜, 넌 안 가?"

"됐어. 오랜만에 만나는 걸 빤히 아는데 어떻게. 즐거운 시간 보내. 정연이한텐 내일 브런치나 같이 먹자고 전해줘."

눈치껏 피해주는데 더 권하는 것도 웃겼다.

"푹 쉬어. 형님들한텐 내가 연락할게."

작별 인사를 한 난 최정연의 집으로 내려갔다.

*   *   *

드라마 촬영 때문에 보고만 듣고 거의 찾아가지 않았던 우당을 방문했다.

직함만 달고 연봉과 활동비만 차곡차곡 챙기는 불량 이사장이었지만 직원들에겐 자금운영부와 이사들을 하루아침에 내쫓은 무소불위의 무서운 사람으로 인식되었는지 정중한 인사를 받는데도 왠지 피하려 한다는 느낌을 받았다.

난 이사장실을 들르지 않고 바로 감사실 겸 가칭 마지막 희망, 마망 발족팀으로 들어갔다.

기존 감사실보다 4배나 넓은 곳을 사용하고 있었는데 전혀 넓어 보이지 않는 기적이 일어나고 있었다.

온갖 서류철들이 바닥이고 책상 위고 할 것 없이 쌓여 있었고 10여 명의 직원이 연신 바쁘게 움직이고 있었다.

"…어떻게 오셨습니까?"

서류를 들고 부지런히 움직이던 직원은 지나가다가 내가 거치적거렸는지 흘낏 쳐다봤다가 같은 사무실 동료가 아님을 알았는지 물어봤다.

"허, 허진경 실장을 만나러 왔습니다."

사내의 얼굴을 마주했다가 뒷걸음 칠 정도로 놀랐는데 떡진 머리와 광대까지 내려온 다크서클이 영화에 나오는 좀 멀쩡한 좀비를 연상케 하기에 충분했다.

"마녀, 아! 미안합니다. 습관이 돼서. 허 팀장님은 저쪽 방으로 가시면 됩니다."

그는 그 말을 끝으로 다시 바쁘게 움직이는 사람들의 대열로 들어갔다.

"쩝! 고생하네."

일을 던져주고 보고만 듣다 보니 누군가가 밑에서 죽도록 일하고 있다는 걸 망각하고 있었다.

"여어……."

"…꺄! 나가요! 당장 나가요!"

허진경의 방으로 들어가며 반갑게 인사를 하려 했는데 날아오는 건 책상 위에 있던 각종 문구 용품들이었다.

손으로 충분히 쳐낼 수 있었지만 던진 사람의 성의를 생각해서 놀라는 척하고 밖으로 나왔다.

우당탕거리는 소리와 함께 15분쯤 지나서야 문이 빼꼼히 열리며 허진경이 말했다.

"…들어오세요, 이사장님."

15분 전에 봤던 쓰레기장 같은 방과 정글이라도 한 달쯤 다녀온 듯한 허진경은 없었다. 어느새 깨끗한 방과 반듯한 허진경이 있을 뿐이었다.

자세히 보면 구석에 과자 부스러기가 나뒹굴고 눈썹이 짝짝이긴 했지만 짐짓 모른 척 말했다.

"하하……. 우리 사이에 이럴 필요까지야."

"아는 사이끼리 더 예의를 지켜야죠. 연락이라도 하고 오시지……. 내 정신 좀 봐, 이쪽으로 앉으세요."

허둥지둥대는 그녀의 모습을 보니 이제야 평범한 사람처럼 보였다. 시킬 때마다 척척 해내는 모습에 쉽게 하는 줄 알았는데 아니었던 모양이었다.

"커피 드릴까요?"

"아니, 이런 상황에서 커피를 먹고 싶다고 하면 정말 악덕 이사장이지."

"이미 악덕 이사장이거든요. 그러니 5분만 기다려 주세요. 금방 갖다 드릴게요."

괜찮다는데도 기어코 타서 가져왔다.

향을 맡고 한 모금 마시는 순간 괜찮다고 말한 내 자신이 싫었다.

"휘익~ 이래서 사람은 입조심해야 해."

"호호! 맛있게 드시니 저도 기쁘네요. 마시면서 보고 들으실래요?"

"아니. 다 마시고 옥상으로 가서 들을게. 줄 건 없고 시원한 공기 좀 마시라고."

그녀가 커피를 타러 간 사이에 도청 장치를 체크해 보았지만 없었다. 그러나 혹시 모를 일이니 옥상으로 나가기로 했다.

"어머~ 자상도 하셔라. 근데 다음엔 일을 줄여주세요. 집에 들어간 지가 너무 오래됐어요."

"하하! 그럴게. 자, 그럼 바람 쐬러 가볼까?"

바람이 많이 불어서인지 옥상은 아직 쌀쌀했지만 따뜻한 햇살이 있어 그나마 버틸 만했다.

입고 있던 점퍼를 허진경에게 덮어주고 자리에 앉았다.

"일단 주식부터 말씀드릴게요. 대략 12명의 투자자에게 현재 주식값보다 5퍼센트 더해서 팔았어요."

"살 사람이 있었다니 다행이네."

"주식시장에 팔았으면 더 높은 가격에 더 빨리 팔았을 거예요. 판 지 이틀 만에 판 가격보다 더 올랐어요."

"됐어. 비자금 마련 목적이었잖아."

"하긴 그렇죠. 괜히 주식이 오르니 배가 아파서 해본 소리예요."

"훗! 나중에 챙겨줄게. 돈은 어떻게 했어?"

"우당 지하 3층 주차장에 있는 트럭 안에 있어요. 열쇠는 여기 있어요."

"생유!"

"하여간 이사장님 덕분에 별일을 다 해봐요. 그리고 마망… 얼른 바꾸든지 해야지 이름 정말 적응이 안 돼요. 아무튼 마망은 6월이면 시작할 수 있을 것 같아요. 일단 서울, 경기도, 강원도, 경남, 경북, 전남, 전북, 충남, 충북 이렇게 9개 지점으로 시작할 것이고 지점이 들어설 건물은 가계약을 해둔 상태예요. 직원들은……."

허진경은 진행 상황을 속사포처럼 쏟아냈다. 나는 다 끝날 때까지 조용히 듣고 있다가 말했다.

"고생했어. 시작은 일단 7월쯤으로 생각하고 있을게."

"6월이면……."

"쉬면서 해. 다른 사람 돕겠다고 일하는 사람을 괴롭히면 되겠어? 늦어도 좋으니까 천천히 해."

"정말 그래도 돼요?"

"뭐, 그래도 가급적이면 7월엔 시작했으면 해. 한 달 동안 한 명의 생명을 살릴 수도 있잖아. 하하하!"

"하여간 못 말려. 아무튼 여유가 조금 생겼으니 이틀간 좀 쉬다가 할게요."

"참, 지난번에 선물로 준 자동차 키 좀 줘."

"배달하는 데 쓰시려고요?"

"아니. 돈 좀 채워놓을 테니까 고생한 친구들 얼마씩 챙겨 줘."

"여기 있어요. 사양하지 않을게요. 안 그래도 팀원들이 너무 고생해서 챙겨달라고 말할 생각이었거든요."

"챙겨주는 건 따로 챙겨줄 테니 이번 건 네가 주는 걸로 해. 미리 밑에 직원들 챙기는 것도 연습해 놓으면 좋으니까."

"에? 그게 무슨 말씀이에요?"

실수했다. 곧 알게 되겠지만 지금은 아니었다. 지금 알게 되면 못 하겠다고 도망갈지도 몰랐다.

"아무것도 아냐. 난 이만 갈게. 참! 아까 부스스한 모습이 예쁘게 꾸민 것보다 훨씬 보기 좋았어."

"꺅! 다 봤어요?!"

"내 시력이 얼만데 그걸 못 봐. 그리고 진심이야. 살짝 마음이 두근거렸다니까. 하하하!"

던질 것을 찾는 허진경을 뒤로하고 지하 주차장으로 내려 갔다.

CCTV에 잘 포착되지 않는 위치에 트럭이 서 있었다.

덜컹!

"휘익~"

비자금이 있던 건물만큼은 아니지만 제법 쌓여 있는 50억이 넘는 현금을 보니 휘파람이 절로 나왔다.

"하여간 준비성은 알아줘야 해."

돈더미 옆에는 빈 박스들과 지퍼 잠금형 쇼핑백이 놓여 있었다.

쇼핑백에 돈을 넣으니 딱 1억.

그것을 허진경의 차에 던져놓고 트럭에 올랐다. 그리고 올해 4월에 있는 보궐선거 때문에 한창 바쁠 애민애국당의 당사가 있는 곳으로 향했다.

*　　　*　　　*

우리나라에 20여 개의 당이 있다. 그러나 국회의원이 있는 당은 2013년 현재 세 곳에 불과했다. 그나마 세 번째 정당도 소수에 불과했기에 양당 체제나 다름이 없었다.

이런 상황에서 신생 정당인 애민애국당이 보궐선거에서 의원을 배출할 거라 믿는 곳은 아무도 없었다.

나를 제외하곤 말이다.

애민애국당의 당사는 그저 평범한 5층 건물에 5층을 세내어 쓰면서 건물 위에 간판과 옆면에 플래카드를 단 것이 다였다.

"시작치곤 나쁘지 않아."

트럭에서 당사를 바라보다가 지나쳤다. 그리고 당사와 5분 정도 떨어진 곳에 위치한 큰 빌딩 지하 주차장으로 들어갔다.

내가 가지고 있던 건물로 이제 재단 마망의 재산인 곳이었다.

적당한 곳에 주차를 하고 2층으로 올라갔다. 그리고 화장실 옆에 위치한 조그만 사무실로 들어가자 큰아버지와 허종욱이 테이블 위에 뭔가를 잔뜩 펼쳐놓고 얘기를 나누고 있었다.

"잘들 지내셨어요?"

"네가 보기엔 잘 지내는 것으로 보이냐?"

"예."

"…자네 조카 참 뻔뻔해. 어찌 보면 유성이보다 장성이 자네를 닮은 것 같아."

"난 그래도 저 정도까지 낯짝이 두껍진 않네. 요즘엔 민철이 엄마가 나 바람난 줄 안다니까."

두 사람은 정겹게 날 깠다.

그들이 몇 달째 좁은 사무실에 박혀 고생한 것을 이렇게나마 푼다는 걸 알았기에 그저 듣고만 있었다.

한참을 만담하듯이 주거니 받거니 씹어대던 그들은 마침내 스트레스가 풀렸는지 뱉어냈다.

"선거가 걱정돼서 왔냐? 이번 선거는 그저 당의 이름을 알리는 정도로 생각하면 될 게다."

"약속드린 대로 전 신경 안 씁니다. 그저 이번 선거에 돈이 필요할 것 같아서 좀 가져왔습니다."

"추적이 불가능한 돈이 필요하다. 봉사 활동을 하며 도와줬었던 이들이 자발적으로 돕고 있긴 하지만 선거라는 게 알게 모르게 돈 써야 할 곳이 많거든."

"그럴 것 같아서 현금으로 조금 만들어 왔습니다."

"얼마나?"

난 손가락으로 대답을 대신했다.

"꽤 많이 준비했구나. 하지만 이번만 네 돈을 사용하기로 하자. 다음 선거부터는 4년이라는 시간이 있으니 조금씩 기부를 받아 해결하는 거로 하고."

선거는 유세를 할 때도 돈이 들지만 준비 과정에서 실상 더 많은 돈이 들어간다.

표를 미끼로 돈을 요구하며 접근해 오는 각종 단체들과 사람들을 제외한다고 하더라도 먹고, 쉬고, 선거 지원을 하는 이들을 챙겨주는 것만으로도 선관위가 정해놓은 선거비용은 우습게 넘어갔다.

얼마나 뒤탈 없이 주고 얼마나 증거 없이 해내느냐가 문제지 사실상 대부분의 후보가 책정된 선거비용보다 더 많은 돈을 쓴다고 봐도 무방했다.

"그건 그때 가서 생각해요. 돈은 주차장 트럭 안에 있으니까 두 분이 직접 하지 마시고 지난번에 보내 드린 그 친구들 이용하세요."

"그러마."

두 사람은 애민애국당의 두뇌로 뒤에서 선거 전반적인 것을 제어하는 것도 바빴다. 그래서 상수파 중 믿을 만한 애들 몇 명을 지원받아 그들이 움직이고 있었다.

"오늘 제가 두 분께 저녁을 대접하고 싶은데요."

할 일은 돈을 전하는 것뿐이었다.

내가 애민애국당에 바라는 건 단 하나.

당명 그대로 국민과 나라를 위해 최선을 다해달라는 것밖에 없었다. 그러나 그건 단지 내가 바라는 거지, 그대로 될 거라는 보장은 없었다.

"고생한 두 분께 저녁이라도 대접하고 싶습니다."

"그럼 돈만 던져주고 그냥 가려고 했냐?"

"뻔뻔하긴 하지만 그래도 예의는 있네."

"하하하! 그럼 지금 나가……. 잠시만요. 여보세요?"

일어서는데 전화가 왔다.

─나야, 조카.

고모인 신지영이었다.

"예, 고모. 뉴질랜드에서 지내는 건 어떠세요?"

회사 야유회 갔을 때 일 때문인지 당시 계약되어 있던 일을 마친 신지영은 돌연 뉴질랜드행을 결정했다가 벌써 여섯 달째 머물고 있었다.

―한국에 왔어.

"아! 완전히 들어오신 거예요?"

―글쎄, 모르겠다. 혹시 지금 시간 되니? 성은이 일로 봤으면 하는데.

"음, 지금 막 저녁 약속을……."

"다른 사람도 아니고……. 널 만나기 위해 외국에서 온 것 같은데 가려무나. 우리랑 저녁이야 언제든지 할 수 있잖니."

큰아버지는 내가 고모라고 한 말에 전화를 한 사람이 누구인지 눈치를 챈 모양이었다.

"가겠습니다. 어디로 갈까요?"

―주소 찍어줄 테니까 집으로 오려무나. 기다리고 있을게.

전화를 끊은 난 허종욱을 보며 머리를 긁적거리며 말했다.

"죄송합니다. 부이사장님."

"됐다. 장성이가 그러라고 했는데 내가 뭐라 하겠냐. 차는 가져왔어? 안 가져왔으면 내 차 타고 가라."

"그래주시면 저야 좋죠. 하하하!"

"쯧! 어째 우리 이사장님은 사양할 줄도 모르냐?"

"하하! 제가 두 분 앞이 아니면 누구에게 어리광을 피우겠습니까."

아양을 한번 떨고 키를 받을 수 있었다.

지하 주차장으로 내려와 방찬희와 도상엽에게 전하려고 챙겨둔 4억을 차에 싣고 신지영의 집으로 출발했다.

신지영이 사는 곳은 한강이 내려다보이는 한남동 고급 빌라였다.

거실이 웬만한 아파트보다 넓었는데 한강과 서울이 마치 벽면 전체를 장식한 그림처럼 펼쳐져 있는 게 인상적이었다.

"어서 오렴. 저녁 식사 취소하고 왔으니 식사 전이지?"

거실 한쪽에 위치한 식탁 위엔 여러 가지 음식들이 가득 차려져 있었다.

"직접 하셨어요?"

예의상 한 말이었다. 한눈에 보기에도 배달 음식들을 접시에 옮겨 담은 티가 났다.

"옮기는 건 내가 했다. 앉으렴."

"와인은 제가 딸게요."

와인을 따서 한 잔씩 따른 후 식사를 시작했다.

나의 경우 신지영이 대충 무슨 말을 할지 짐작하고 있었기에 부담감 없이 편히 먹었지만 그녀는 어떻게 말을 꺼내야 할지 고민을 하는지 와인을 마시며 내 얼굴만 힐끔거렸다.

아무래도 내가 먼저 말을 꺼내는 게 낫겠다 싶을 때쯤 신지영은 입을 열었다.

"조카는 정말 오빠를 많이 닮았어."

본론은 아니었지만 물꼬를 텄다는 생각에 웃으며 대답했다.

"하하하! 요즘 거울을 보면 저도 가끔 그런 생각이 들더라고요."

"웃는 거 더 많이 닮았네. 근데 전에 내가 했던 말 기억해? 오빠랑 나랑 오누이처럼 지냈다는 거."

"네. 아버지가 고모를 위험에서 구해주신 후 그렇게 지내셨다면서요?"

"사실은……."

꿀꺽꿀꺽!

잠깐 말을 멈춘 신지영은 와인을 벌컥벌컥 마신 후 말을 이었다.

"오누이 관계가 아니었어. 우린 결혼까지 생각하고 있었어."

"에? 그러셨어요?"

깊은 관계라는 건 짐작했지만 결혼까지 하려 했다는 건 처음 듣는 얘기였다.

"근데 왜……?"

결혼을 안 했느냐는 뒷말이 생략되었지만 신지영은 잘 알아들었다.

"조카는 날 언제 처음 봤다고 생각해?"

"그러니까 그때가… 제가 막 회사를 맡고 난 다음에 뵌 게 처음이었죠. 아닌가요?"

"아니. 사실은 네가 어릴 때 몇 번 봤었어. 오빠 너에 대한 미안한 감정이 커서인지 너의 허락을 얻은 후에 결혼을 한다고 했었어."

"……!"

뒷얘긴 문맥상 내 반대에 의해 두 사람이 결혼을 못 했다는 소리 아닌가.

예상대로 신지영은 담담히 내 반대 때문에 결혼을 미루게 되었다는 말을 했다.

"죄송합니다. 입이 열 개라도 드릴 말씀이 없네요."

"후후. 탓하려는 게 아냐. 솔직히 결혼을 못 해 속으로 미워한 적도 있긴 했지만 지금은 괜찮아. 게다가 결혼은 못 한 대신에 연인으로 오랜 시간 행복하게 지냈는데, 뭐."

신지영은 괜찮다고 했지만 두 사람의 사랑을 반대한 내 스스로가 미웠다.

아버지는 남녀 관계에 대해 아무것도 모르는 어린애에게 어떤 대답을 듣기를 원하셨을까?

"이미 지난 일이니 신경 쓰지 마. 사실 지금부터 하는 얘기가 더 중요하니까."

"…말씀하세요."

"나에게도 너와 같은 나이의 딸이 있었어. 비록 내가 키우진 못했지만. 아마 오빠랑 나랑 결혼했다면 생일 때문에 네 동생이 되었을 거야."

"지난번 불암산에서 짐작은 했어요."

아는 티를 낼까 하다가 가만히 듣고 있는 것이 나을 것 같아서 응대만 했다.

"그 애 이름이… 류성은이야."

"네? 창천그룹의 그 류성은이요?"

혼신의 연기를 선보였다. 난 마치 엄청난 얘기를 들은 듯 입까지 살짝 벌리고 이어지는 얘기를 들었다.

"응. 얼마 전에 네가 그 애랑 사귄다는 거 들었어. 사실 이런 말을 해야 할지 고민 많이 했단다. 네가 성은이의 짝으로 부족하다는 말은 아냐. 다만 마음속으론 오빠와 난 부부였단다."

왠지 부부라는 말에 가슴이 짠해졌다.

연기를 하는 것이 죄송스러우면서도 그럴 수밖에 없음에 마음속으로 용서를 구했다.

"노, 놀라운 얘기네요. 고모님이 어떤 걱정 하시는지 알 것 같아요."

"고맙구나. 너희들이 진정으로 사랑한다면야 어쩔 수 없지만 그렇지 않다면……."

"제 말씀 먼저 들어주세요, 고모. 사실 성은이와 사귀는 것은 가짜입니다."

"…응?"

"그게 어떻게 된 일이냐 하면요. 그러니까……."

난 류성은이 처한 상황과 가짜 애인 행세를 하게 된 연유를 상세히 설명했다.

"그, 그러니까 너의 실제 애인은 배우 최정연이란 말이야?"

"네. 두 사람은 어릴 때부터 친구고요."

"그, 그렇구나. 근데 그 애가 남자혐오증이라고? 왜? 어쩌다가 그렇게 됐는데?"

우리 둘이 사귀는 문제가 해결되자 또 다른 것이 걱정인 모양이었다.

"아마 어릴 때 납치를 당한 다음에 그렇게 된 모양이더라고요."

"오빠 그런 얘기를 한 적이 없었는데……. 사실 그 애가 두 번이나 납치를 당했다는 얘기에 유성 오빠가 틈틈이 그 애를 뒤에서 돌봐줬었거든."

"그게 이성으로 생각되는 남자에게만 그런 것 같더라고요. 저랑은 얘기도 잘하고 격투기도……. 아무튼 꽤 심해서 저도 조심하고 있습니다."

"불쌍한 것……. 흑! 흑흑!"

신지영은 류성은을 생각해서인지 눈물을 터뜨렸다. 나는 한참 동안 그녀에게 휴지를 건네줘야 했다.

꽉 티슈 한 통이 소진되고 나서야 그녀는 눈물을 멈췄다.

"훌쩍! …주책이지?"

"아닙니다. 사정을 다 모르지만 짐작이 가는걸요."

"그렇게 생각해 줘서 고마워. 근데, 철아. 철아라고 불러도 되지?"

"물론이죠."

"내가 한 가지 부탁해도 될까?"

신지영의 말에 심장이 '쿵' 하고 내려앉는 느낌이 들었다.

나의 반대 때문에 두 사람이 결혼 못 했다는 것에 신경을 쓰다 보니 잠깐 잊고 있었던 것이 생각났다.

최악의 경우 난 내가 살기 위해서라도 류성은을 죽여야 할지 몰랐다. 아니, 은연중에 이미 그런 생각을 가지고 있었다.

'말씀하지 마세요! 성은이랑 나랑은 양립 불가란 말입니다.'

그러나 신지영의 말은 계속됐다.

"동생이라 생각하고 지금처럼 잘 대해줬으면 좋겠어. 힘든 일 있으면 도와주고. 회장님도 네가 성은이에게 하는 게 마음에 들어 하는 눈치셨어."

"아, 아닙니다."

"오빠에 이어 너에게도 성은이를 부탁하는 거 면목이 없다는 거 안다. 하지만… 불쌍한 애란다. 그저 친구처럼 오빠처럼 잘해주렴. 응?"

"…네."

신지영의 간절한 얼굴을 보고 대답을 회피할 수 없었다. 거짓말이라도 해야 했다.

"고마워. 고마워, 철아!"

신지영은 처음 만났을 때―어릴 땐 기억이 없으니―나를 안 안겼었다. 그때처럼 엄마의 품에 안기는 듯한 기분은 마찬가지였는데 마음은 가시방석에 앉은 것같이 불편했다.

'미안해요, 고모. 미안해요.'

난 속으로 계속해서 미안하다고 외쳤다.

제2장

손지예

　작년에 대도에 투자한 돈이 정산되어 나왔다

　대도가 원체 제작 비용이 높아서인지 관객이 천만 가까이 들었음에도 120퍼센트 조금 안 되는 수익률을 얻었다.

　절반이 넘는 돈을 석훈에게 빌렸기에 수익률을 더해 건네니 녀석은 입이 찢어져라 웃었다.

　나는 대략 2억, 2억 4천만 정도 벌었는데 가만히 있을 수 없었다.

　그래서 스태프들을 위한 상품권을 잔뜩 들고 새로운 영화 중국 촬영을 마치고 돌아온 박성명 감독을 찾아갔다.

　휴일인지 프로덕션은 한가했다.

박성명 감독이 있다는 3층으로 올라가는데 내려오는 신유리가 보였다.

"어? 유리야."

"안녕……."

신유리는 박성명 감독의 신작에 출연 중이었다.

반가운 마음에 인사를 했지만 돌아온 대답은 무뚝뚝했다. 난 빙긋이 웃으며 말했다.

"네 생각 존중해. 그래도 인사는 하자. 정신까지 병들었다던… 아! 이건 아니지. 아무튼 너무 나만 생각한 것 같아."

"방금… 아, 아냐. 네 말대로 인사는 하자. 난 이만 가볼게."

내 말이 마음이 들지 않았을까? 약간 당황한 표정을 짓던 신유리는 서둘러 날 지나쳐 가버렸다.

그녀의 뒷모습을 바라보며 이유를 물어볼까 생각했다. 그러나 이젠 숨어 있던 원망과 미움마저 깔끔하게 사라진 상태였기에 차차 괜찮아지겠지 생각하며 위로 올라갔다.

"수익금이 적어서 왔냐? 내가 제작비를 아끼는 편이 아니라서 그래. 투자한 게 아까우면 지금이라도 뺄래?"

들어서자마자 박성명 감독은 인사 대신 내 영화 투자금에 대한 방어막부터 쳤다.

"감독님도 참. 중국에서 고생 많으셨다면서요?"

"먹는 것 때문에 고생 많았다. 투자자 돈을 아끼려다 보니 어디 좋은 곳에서 좋은 음식 먹으며 지낼 수가 있어야지."

"투자금이 적었다는 소리처럼 들리네요. 제가 원하는 대로 드리라고 말해놓겠습니다."

"통 큰 제작자네. 농담이고. 웬일이냐? 술이라면 오늘은 힘들다. 감독들끼리 모이기로 했거든."

"하하하! 저도 안 됩니다. 오늘 사람 데리러 가야 해서요. 그냥 지나는 김에 잠깐 들렀습니다."

"여기가 놀이터냐?"

"사실 이거 드리려고 잠깐 들렀습니다."

"뭐냐?"

"상품권이요. 선물로 하려는데 뭘 좋아할지 몰라서 그냥 이걸로 준비했어요. 감독님이 스태프들에게 나눠주세요."

"다들 좋아하겠네. 잘 전해주마. 금방 일어나야 하긴 하는데 녹차라도 한잔할래?"

"좋죠."

차를 마시며 촬영 중인 영화에 대해 듣다가 박성명 감독이 일어날 때 같이 일어났다.

*　　　　*　　　　*

서울조직폭력배연합의 회장인 손지문의 집은 명동역에서 남산 밑에 있는 중국 대사관으로 올라가는 길에 위치한 단독 주택이었다.

"어서 오게. 앉지. 커피?"

"마시고 왔습니다."

"그래, 결심은 섰나? 오래는 아니고 2주 정도만 데리고 있어 봐 줘. 그 뒤에도 저러면 병원에 입원시켜야지."

"한 가지만 묻겠습니다."

"열 가지라도 괜찮으니 묻게."

"아무리 생각해도 TV에 나오는 절 보고 반응을 보였다고 해서 맡기려 했다는 게 이상합니다. 좀 더 자세한 설명이 있어야겠습니다."

지독한 일을 당한 딸을 TV에 나온 내 얼굴을 보고 웃었다고 맡긴다?

호텔에 있을 땐 한참 혼란스러울 때라 그냥 그런가 보다 했지만 일을 마치고 돌아와 곰곰이 생각해 보니 다소 억지스러웠다.

"하긴…… 이유치곤 좀 허술했지?"

손지문은 순순히 인정했다.

"내 뒤통수를 친 놈은 지예를 철저히 망가뜨리고 일본 인신매매 조직과 연관이 있는 전북의 한 조직에 지예를 팔아넘겼어. 그런데 그 조직이 일본으로 여자들을 넘기기 전에 한 사람에게 거의 괴멸당했어. 그 사람이 누군지 알겠나?"

양아치들도 아닌 거칠기로 유명한 항구를 장악하고 있는 조직을 한 사람이 괴멸시켰다?

내가 아는 한 한 사람이 유일했다.

"제 아버지가 그랬다는 겁니까?"

"맞아. 김유성, 그 친구가 그랬어. 근처 CCTV에 잡혔더군. 화질이 좋지 않았지만 내가 그 친구를 못 알아볼 리가 없지."

"그래서요?"

기억 속에서만 혹은 타인의 입을 통해 듣게 되는 아버지지만 묘한 그리움 같은 것이 있었다.

"자네 아버지는 분명 누군가를 구하기 위해 그런 일을 한 것은 분명해. 물론 그 누군가에 내 딸은 들어가지 않았지만."

약간의 원망이 느껴지는 말투.

그는 말을 이었다.

"다른 여자들은 구하고 내 딸은 왜 구하지 않았을까? 한편으론 원망스러우면서도 궁금했네. 그래서 당시 그곳에 잡혀 있었던 여자들을 만나보았네. 그들이 무슨 말을 했는지 아는가?"

대답을 바라고 한 질문이 아닌 듯 내 말을 기다리지 않고 바로 말했다.

"하나같이 지예에게 볼일이 있어서 온 것 같았다고 말했네. 자신들에게 도망치라고 해서 그가 안에서 무얼 했는지는 모른다고 했지만…… 아무튼 자네 아버진 몇 분쯤 창고에 머물렀다고 하네. 조금 이따가 혼자 창고에서 나오는 걸 한 여자가 확인했다더군."

"아버지가 지예 양에게 볼일이 있어 거기까지 가서 그대로 내버려 두고 왔다고요?"

이상했다.

기억 속 아버지는 깡패였지만 노약자, 특히 여자에겐 어느 누구보다 약한 분이었다. 설령 모르는 사람이 그런 일을 당하는 걸 봤어도 당신의 목숨을 아끼지 않고 나섰을 거라는 데 내 손목을 걸 수도 있었다.

한데 손지예가 잡혀 있다는 걸 알고 가서 놓고 왔다?

손지남이 차라리 거짓말을 한다고 생각하는 게 나을 것 같았다.

"자네도 믿기지 않는가? 솔직히 나 역시 지금도 믿기지 않는다네. 한데 하늘에 맹세코 진실이네."

"아버지께 물어보지 그러셨습니까?"

"그럴 수가 없었지. 왜냐하면 그때가 유성이 그 친구가 교통사고로 죽은 날이었네. 시간적으로 보면 창고에서 나와 서울로 돌아오다가 사고를 당한 것 같더군."

"......!"

공교로워도 너무 공교로웠다.

지금까지 아버지의 죽음에 대해 의문은 없었다.

솔직히 어디서 칼에 맞아 돌아가셨다면 의심을 했을 것이다. 내 실력으로도 적이 없을 정도였는데 나보다 두 배는 넘게 수련한 아버지는 어떻겠는가.

그러나 교통사고는 달랐다. 아버지가 아무리 강했다고 해도 인간의 범주였다.

'트럭 운전수의 말로는 갑자기 차선을 바꾸다가 사고가 났다고 했고 사고 현장을 조사한 경찰의 말도 다르지 않았어. 한데……'

손지남의 말을 듣고 나니 이상한 점이 보였다.

'아버지 같지 않은 행동. 마치 뭔가에 빙의가 된 듯한……!'

내가 그 '뭔가'의 하나이지 않은가.

"의문은 있지만 죽은 사람에게 물을 수 없는 일. 게다가 모든 것이 내 잘못으로 일어난 일인데 아무 상관 없는 그 친구가 그곳에 있었다는 이유 때문에 원망하는 게 얼마나 유치한지 잘 아네. 아무튼 그런 의문을 가지고 있는데 유성이와 닮은 자네를 보고 웃는 것을 보니 혹시나 하는 마음에 이런 부탁을 한 걸세."

손지남의 설명은 끝났다.

꽤 타당한 이유였고 이젠 설령 그가 그녀를 그냥 병원에 보낸다고 해도 내가 한동안 같이 지내겠다고 해야 할 판국이었다.

솔직히 말했다.

"저 역시 의문이 생기는군요. 저와 같이 있다고 해서 지예 양이 기억을 되찾을 수 있을지 모르겠지만 한동안 제가 맡아 보겠습니다."

"그리 말해주니 고맙네."

"어디에 있습니까? 그리고 혹시 도우미가 있다면 같이 데리고 가겠습니다."

"이리 오게."

그는 손지예가 있는 2층으로 안내했다.

그녀는 자신의 방에서 얌전히 앉아 '사선을 뚫고'를 보고 있었다.

"크게 신경 쓸 것은 없을 걸세. 아침에 일어나면 양치질을 하고 씻고 화장을 하네. 그리고 아침을 먹네. 참, 식사는 차려줘야 한다네."

"그건 문제없습니다."

"아침을 먹고 나면 커피를 마시고 잠깐 정원을 걷는다네. 그리고 이 방으로 와 자네가 나오는 드라마를 보지. 화장실은 알아서 가니 걱정 말게. 그렇게 밤까지 지내다가 잘 때가 되면 샤워를 하고 침대에 누워 잔다네."

"발작은 어떻습니까?"

"아직까진 없었네. 방을 보면 알겠지만 저 애가 대학교 다닐 때와 달라진 건 전혀 없네."

가급적 꼼꼼히 물어보고 일일이 수첩에 적어뒀다. 그리고 화장품이나 옷가지를 챙겨서 나왔다.

"지예야, 이 녀석 집에서 한동안 지내다 오렴. 혹시 이상한 짓 하려면 아빠가 준 전화기로 전화하는 거 잊지 말고."

"……."

"혹시 지금이라도 가고 싶지 않다면 있어도 된다. 네가 제대로 돌아오길 바라지만 네가 싫다는 건 시키고 싶지 않구나."

"……."

손지남은 맡기고도 걱정스러운지 이런저런 얘기를 했지만 손지예는 그저 나를 보고 빙긋이 미소를 짓고 있을 뿐이었다.

그는 소용이 없다는 걸 알았는지 이번엔 날 보고 말했다.

"널 믿지만 혹시라도… 만에 하나라도 허튼짓 했다간 어떻게 될지 상상에 맡기마."

"아저씨처럼 상상력이 풍부하지 못해 무슨 말을 하는지 모르겠지만 잘 돌볼게요. 정 불안하면 스마트폰으로 확인할 수 있게 방에 CCTV라도 설치해 드려요?"

"…됐다. 아마 그랬다간 네가 밥 챙겨주는 걸 보다가 달려갈지도 모르니까."

"뭔가 알아내면 연락드리죠. 지예야, 차에 타."

"……."

그녀는 내 말을 알아듣기라도 하는지 차문을 열어주자 방긋 웃으며 차에 올라탔다.

"딸자식 키워봐야 아무 소용 없다더니."

"지금 그 말이 이 상황에 어울린다고 생각하십니까?"

"아무튼 그래. 내 전화 항상 받아라. 아님 당장 달려갈 테니."

"약속 잊지 마십시오."

그는 이번 일로 내 정보 요청을 열 번 들어주기로 했다. 그리고 그녀가 낫게 된다면 자신이 죽을 때까지 들어주기로 약속했다.

"이 자식은 아직도 날 정보상으로 아네. 나 연합회 회장이거든!"

"그건 아저씨가 첫 소개를 그렇게 했으니 그렇죠."

"쪽팔리게 수하에게 배신당해 쫓겨 다닌다고 할 수는 없었으니까."

"네네. 갈게요."

"…부탁하마."

그의 말에 손을 들어 그러겠노라 대답한 후 차에 올랐다.

네온사인이 하나둘씩 켜지고 있었기에 이제 출발해야 했다. 혹시 몰라 빈방을 준비했는데 발작이 없다면 꾸며줘야 했다.

*　　　　*　　　　*

손지예를 집으로 데리고 온 후 이틀간 그녀와 똑같이 움직였다. 그리고 그렇게 함으로써 그녀가 패턴대로 움직임을 알 수 있었다.

마치 특정한 하루를 반복하는 듯했는데 TV 보는 시간을 수업받는 것으로 보면 학생의 하루와 딱 맞아떨어졌다.

외부 자극이 없으면 아마 평생을 1분 1초도 틀리지 않고 반복할 것 같았다.

"형님, 저 다녀오겠습니다. 오늘 늦을 겁니다."

"그래."

"근데 오늘도 그 여자 뒤꽁무니를 졸졸 쫓아다닐 겁니까?"

어제 내가 하는 걸 보고 하는 소리였다.

"말하는 꼬락서니하곤. 근데 넌 허진경이랑 어떻게 돼가냐?"

"철벽이 따로 없습니다. 게다가 좋아하는 사람이 있답니다. 그래서 요즘은 포기했습니다."

"응? 그럴 리가……?"

"형님 말 믿고 대시한 제가 미친놈이죠. 제가 여자 경험이 없지 눈치가 없는 건 아닙니다. 진경 씬 저한테 1그램도 관심이 없어요."

그동안 한 일 때문에 미래가 바뀐 모양이었다.

"저 요즘 인기 많습니다. 만나는 여자도 있고요."

"소속 연예인 건들면 죽는다."

"다녀오겠습니다!"

후다닥 도망가는 걸 보니 내 예상이 맞나 보다. 이민기 사장에게 한마디 해야 하나 고민하다가 일단은 내버려 두기로 했다.

"형, 이번엔 나흘쯤 걸릴 것 같아요."

식사를 마친 엄옥당이 그릇을 싱크대에 갖다 놓으며 말했다.

운동 중독증에 걸렸는지 하루의 대부분을 운동으로 보내는 엄옥당은 이젠 어린애라는 느낌은 많이 사라지고 남자라는 느낌이 더 강했다.

"좀 더 있다가 와도 된다."

"왠지 서운해지는 말이네요. 하지만 그래도 절대 형이랑 안 떨어질 거예요. 이번에 가서 거기 학교를 그만두고 아예 한국 화교 학교로 옮길 생각이에요. 매번 가는 것도 귀찮네요."

"아버지가 좋아라 하시겠다."

"제 모습을 보고 아예 몇 년만 여기에 머물다 오래요. 참! 이번 기회에 한국 지사도 설립할까 생각 중이시래요."

"에휴~ 맘대로 해라. 언제 니네들이 내 말 들었냐?"

석훈과 함께 지내는 시간이 많은 엄옥당은 석훈과 점점 닮아가고 있었다.

"헤헤! 다녀오겠습니다."

중국을 가는 건지 도서관을 가는 건지 엄옥당은 달랑 가방 하나를 들고 떠났다.

손지예를 보니 어느새 식사를 마치고 커피를 마시고 있었다. 잠시 후 옥상으로 올라가 산책을 할 것이다.

"오늘은 산책 말고 다른 걸 해보자고."

오늘은 그녀의 스케줄에 간섭을 해볼 생각이었다.

"야외로 드라이브 갈까?"

여유롭게 커피를 마시던 그녀는 내 말에 반응했다.

방으로 들어가더니 옷을 갈아입고 나왔는데 봄옷이 아닌 약간 두툼한 겨울옷을 입고 있었다.

'좋고 나쁨, 있고 없음에 상관없이 오로지 말에 반응하고 따른다?'

"그 옷 별로다. 다른 것으로 입을래?"

역시 바로 반응했다. 근데 이번엔 더 두툼한 옷을 입고 나왔다.

"생각해 보니 옷이 없었네. 편한 옷으로 다시 갈아입고 백화점에 가자. 내가 사줄게."

세 번째였음에도 군소리 없이 집에서 입는 옷으로 갈아입고 나온 그녀와 백화점으로 갔다.

"이 아가씨에게 어울리는 봄옷과 여름옷 좀 추천해 주시겠습니까?"

"알겠습니다, 고객님."

상냥한 직원 아가씨는 손지예의 옆에 붙어서 이런저런 옷을 권했고 난 한순간도 놓치지 않겠다는 듯 뚫어지게 쳐다보았다.

"한번 갈아입어 보시겠어요?"

"······."

손지예는 매장에서 갑자기 윗옷을 벗었다.

"고, 고객님! 여기서 갈아입으시면 안 되세요. 저, 저쪽 탈의실에 가시죠."

그에 당황한 직원은 서둘러 그녀를 감싸며 탈의실로 데리고 갔다.

지켜만 볼 생각이었지만 그녀가 미친 사람처럼 취급받길 원하진 않았기에 직원에게 다가가 설명을 했다.

"기억을 잃어서 아이처럼 어떤 말에도 즉각 반응합니다. 이해해 주세요."

"아! 예. 어쩐지 뭔가 이상하다고 생각했어요. 전 표정과 행동을 보고 로봇인 줄 알았는데… 아! 죄송합니다, 고객님!"

"괜찮습니다. 듣고 보니 아이라기보단 로봇처럼 행동하네요."

직원의 말에 머릿속에서 번쩍 하고 떠오르는 것이 있었다.

'이제야 그녀의 기억 속 장소들이 무엇을 의미하는지 이해가 되는군!'

손지예를 데리고 와서 제일 먼저 기억을 읽었었다.

한데 그녀의 기억은 너무나도 이상했다. 의미 없는 장소들만 바닷속의 무수한 해파리 떼처럼 떠돌고 있었다. 구출되고 매일 보고 있다는 드라마에 대한 기억도 없고 심지어 나에 대한 기억도 없었다.

무표정한 얼굴로 있다가 나만 보면 방긋거리던 그녀가 나에 대한 기억이 없다? 그리고 오로지 공간에 대한 기억만 있다?

한데 그녀를 로봇이라고 생각하자 이해가 됐다.

"여기가 화장실이야."

옷을 잔뜩 산 나는 그녀를 데리고 백화점을 돌며 각 층에 있는 화장실을 가르쳐 줬다. 그리고 푸드코트로 가서 음료수를 잔뜩 먹었다.

그러고는 백화점을 나와 국도를 따라 춘천으로 향했다.

평일이었지만 꽃놀이 인파 때문에 좁은 도로는 주차장처럼 막혔다. 2시간이면 넉넉히 도착할 거리를 4시간이 지났지만 절반도 가지 못했다.

점심시간을 훌쩍 넘겨 배가 고팠고 슬슬 소변이 마려웠다. 그러나 난 생각하는 바가 있었기에 꾹 참으며 손지예의 반응을 살폈다.

4시간 동안 눈이 마주치면 빙긋이 웃는 걸 제외하곤 특별한 반응을 보이지 않았던 그녀가 입을 실룩이더니 입을 열었다.

"…화장실. トイレ. toilet."

"역시!"

차를 적당히 나무와 풀이 있는 갓길에 차를 세웠다.

"여기가 화장실이야."

내가 가리킨 곳은 지나가는 차에서 보이지 않는 사각지대의 풀밭이었다.

손지예는 아무런 의심 없이 소변을 봤고 난 잠깐 시선을 돌렸다.

굳이 춘천에 갈 이유가 없어졌다. 청평호 쪽으로 빠져나와 독특한 외양의 음식점으로 들어갔다.

"호수 근처에서 바닷가재라니……. 외양만큼이나 메뉴도 독특하네."

북적였다면 좋아하는 음식도 아니니 바로 나왔을 것이다. 하지만 아무도 없고 조용하다는 점이 마음에 들었다.

음식이 나오는 것을 기다리며 구를 만들어 손지예의 머리에 쏘았다. 그리고 기억을 읽었다.

사흘 전에 읽을 때와 달라진 것은 별로 없었다. 그러나 꼼꼼히 살펴보니 장소 몇 곳이 추가되어 있었다.

우리 집 화장실과 침실, 백화점 화장실, 조금 전 급할 때 가르쳐 줬던 풀숲.

'이건 분명 기억을 조작한 거야. 아버지가 이런 능력이 있을 리는 없을 테고……. 과거의 내가 했을 가능성이 높아. 한데 이런 빌어먹을 능력이 있었으면 좀 남겨뒀어야 하는 거 아냐?'

과거의 나를 욕하는 것도 잠시, 나는 이내 손지예에게 집중했다.

의미 없게 떠돌던 장소들이 이젠 그녀가 그동안 어떻게 생활해 왔는지 알게 해줬다.

규칙은 없었지만 손지예가 화장실 혹은 침실로 생각하는 장소 중 변기나 침대가 없거나 사람이 지낼 수 없을 정도인 곳을 추려냈다.

'여긴 주변을 볼 때 배 같고. 여긴 낙서 중에 일어가 적힌 걸 보니 일본 같고. 그렇다면 이곳이 아버지를 만난 곳인……!'

에너지가 떨어졌는지 아버지를 만난 곳이라 생각되는 부분을 자세히 보려는 순간 손지예와의 연결이 끊어졌다.

다시 구를 만들어 그녀의 머릿속으로 들어갔다. 이번엔 기억을 읽을 필요 없이 곧장 방금 전의 장소로 접근해 갔다.

'헐! 이런 식으로도 되는군.'

본능적으로 취한 행동이었는데 특정한 기억으로의 접근이 가능했다.

'뭔가 단서를 남겨두지 않았을까 했는데 너무 어두워서 볼 수가 없어.'

혹시나 싶어 밝아졌으면 좋겠다고 간절히 원했지만 기억이라는 것이 잘못 기록될 수는 있어도 기록된 것을 바꿀 수 없는 모양인지 뜻대로 되지 않았다.

그리고 그 순간 갑자기 다시 연결이 끊어졌다.

"빌어먹을! 도대체 왜 이러는 거야!"

"예? 뭐, 뭐가 잘못됐습니까?"

너무 집중하다 보니 종업원이 음식을 가져온 것도 눈치채지 못하고 있었다.

"미, 미안합니다. 대사 연습을 하고 있었습니다."

"…아~ 네. 맛있게 드십시오."

떨떠름한 표정으로 종업원이 가고 난 후 이상한 느낌에 이번엔 손지예의 머릿속이 아닌 내 머릿속에 있는 그녀의 기억으로 접근을 해봤다.

기억을 읽었다는 것은 그녀의 기억을 그대로 내 머릿속으로 복사를 해 온 것이기에 별반 다를 것은 없었다. 한데 내 머릿속에선 아무리 봐도 특별한 이상이 없었다.

'하긴 내 머릿속의 기억을 읽는데 이상한 일이 생기는 게 잘못된 거지.'

조금 고민하던 난 테니스공 크기가 아닌 농구공만 한 구를 만들었다.

하나의 생명체처럼 시선이 느껴지고 미래든 과거든 보낼 수 있는 크기. 아깝긴 했지만 이왕 시작한 거 해보자는 생각에 손지예에게 그것을 빙의시켰다.

내가 손지예를 보고, 손지예가 나를 보고 있었다. 거울을 볼 때와 달리 내 얼굴이 묘하게 달리 보였다.

'누군가를 굉장히 많이 닮았는데… 누구지? 풉! 내가 점점 미쳐가나 보군.'

어이없는 생각도 잠시, 눈을 감고 계속 말썽을 일으키는 기억에 접근했다.

손지예가 되어 기억을 봐서일까, 약간 느낌이 달랐다.

'분명 뭔가가 다른데 뭐가 다르지?'

단지 보는 것만으로도 에너지의 소모량은 엄청났다. 빨리 생각하지 않으면 또 허무하게 에너지를 날릴 것 같았다.

그러나 조급할수록 머리는 비어만 갔고 아무것도 알아보지 못한 채 에너지가 떨어졌다.

"안 해! 아주 에너지 먹는 하마네."

과거의 내가 남긴 것이라 생각해 궁금하긴 했지만 에너지가 아까웠다.

빌어먹을 자식이 뭔가를 전하려 했으면 직관적으로 알 수 있게 할 것이지 이딴 식으로 남길 건 뭐람.

"밥이나 먹자."

맛있게 보이는 바닷가재 요리는 이미 식어 있었다.

바닷가재 한입 가득 넣고 신경질적으로 씹고 있는데 손지예가 막 가재를 한입 크기로 잘라 입에 넣고 있는 것이 보였다.

난 무의식중에 손을 뻗어 그녀의 손목을 잡으며 중얼거렸다.

"너 갑각류 알레르기 있지 않아……?"

손지남에게 들은 것도 아니고 읽었던 기억 속에도 없던 기억이 떠올랐다.

"……."

그러나 손지예가 대답할 리 만무했다.

왜 갑자기 이런 생각이 떠올랐는지는 모르지만 바닷가재를 먹이는 건 아무래도 찝찝했다.

"휴우~ 오늘 진짜 왜 이러냐. 다른 거 먹자."

손지예에게는 스파게티를 새로 시켜줬고 식은 바닷가재 두 마리는 내 몫이 되었다.

다행히 더 이상 요상한 일은 일어나지 않았다.

한데 거의 식사가 끝나갈 때쯤 갑자기 밑이 시끄러워졌다.

"오늘 하루 우리가 예약한 걸 잊은 거야? 저 밖에 있는 차는 뭐야!"

고함치는 사내의 목소리는 2층에까지 또렷하게 들릴 정도로 컸다.

종업원이 뭐라 하는 것 같았지만 거의 들리진 않았다. 아주 진상은 아닌지 곧 조용해졌다.

"정말 마가 끼었나? 일어나자."

소란스러운 건 질색이었다.

마침 식사도 끝마쳤기에 일어났다. 그런데 갑자기 한 사람이 2층으로 올라와 날 향해 말했다.

"여어~ 진짜 동생이었네?"

류성은의 셋째 오빠인 류천석이었다.

올해 마흔둘로 창천유통을 맡고 있는데 사업엔 전혀 관심이 없었고 오로지 인생을 자신 마음대로 즐기며 사는 사람이었다.

"누구? 요거?"

손지예를 보고 새끼손가락을 올려 보인다.

"잘 지내셨습니까, 형님. 얜 제가 아는 분의 딸로 일 때문에 만났습니다."

"에이~ 한적한 이런 레스토랑에서 일 얘기를 한다고? 꽤 당당한 친구라고 생각했는데 의외로 숙맥인 건가? 그런 어설 픈 핑계는 나한텐 안 해도 돼. 인생 뭐 있나? 즐기면서 사는 거지. 안 그래?"

"하하……. 네."

전후 사정을 얘기한다고 믿을 것 같지 않았기에 그냥 수긍을 했다.

첫째 류인석과 둘째 류지석과 달리 류천석은 딱히 친해질 기회가 없었는데 이런 식으로라도 공통된 주제가 생긴 것에 만족하기로 했다.

"근데 가려고?"

"형님이 노는데 방해할 수가 있나요. 게다가 마침 식사도 끝났고요. 그리고 여길 통째로 예약하신 것 같은데 실수한 종 업원 덕분에 잘 먹고 가니 너무 혼내진 말아주십시오."

"한 번 고함친 걸로 충분해. 그딴 걸로 화를 내는 것도 우습잖아. 널 우리 일행으로 생각했던 모양이야."

"자주 오시나 봅니다?"

"근처에 별장이 있어서."

"그렇군요. 그럼 재미있게 놀다 가십시오. 다음에 뵙겠습니다."

내려가려 했지만 올라오는 사람들 때문에 그럴 수가 없었다.

'모델 출신들? 연예인 지망생?'

하나같이 멋짐과 예쁨을 장착하고 있었는데 기억엔 없는 이들이었다.

올라오는 사람들이 모두 예쁘고 아름다운 것만은 아니었다.

몇 명의 남녀는 한눈에 보기에도 얼굴이 아닌 류천석처럼 금력 혹은 권력을 지닌 이들로 보였는데 그중 30대 중반으로 보이는 여자가 지나가지 않고 내 앞에 떡하니 섰다.

"동쪽에서 귀인을 만난다더니 틀리지 않았네?"

"크으~ 여긴 지효린. 돌아온 싱글로 나 못지않게 즐기며 살자는 주의야. 우리들 사이에선 밤의 여제라고 불리고 있어."

"…상당히 인상적인 별명이네요. 반갑습니다."

"오빠 무슨 소개를 그런 식으로 해? 마치 내가 섹스에 환장한 사람처럼 들리잖아."

"틀린 말은 아니지 않나?"

"그냥 삶을 보다 풍성하게 즐긴다고 생각해 주세요. 혹시 기회가 된다면 죽인다는 실력을 한번 겪어보고 싶네요."

직설적인 말이었지만 워낙 대수롭지 않게 말하니 별것 아닌 것처럼 느껴지긴 했다.

물론 원한다면 언제든 안을 수 있는 젊디젊은 애들을 놔두고 내 스타일도 아닌 여자와 할 생각은 없었다.

"참고로 혹시 급전이 필요하거나 해외 차명으로 된 재산이 필요하면 말해요. 적은 수수료만 받고 깔끔하게 해결해 드려요."

"하여간 영업 능력은 알아줘야 한다니까. 지인이라 하는 말이 아니라 진짜 그런 일이 필요할 땐 효린이에게 맡겨. 우리나라 최고야. 얘 단점이라면 남자 밝히는 거하고 점을 너무 맹신한다는 것밖에 없어."

"점이 어때서? 오빠도 간혹 보잖아?"

"야야! 넌 매일같이 보잖아. 우리나라에서 네가 모르는 무속인이 있기는 하냐? 제주도에 새로운 무속인이 생겼다면 거기까지 가잖아."

귀가 번쩍 뜨이는 소리였다.

작은할아버지의 말씀을 듣고 사람을 고용해 수만부를 아는 무당을 찾고 있는데 아직까지 찾았다는 얘기가 없었다.

"전국적으로 유명한 무속인분들은 다 아시겠군요?"

"그런 쪽으로 관심 있으세요?"

"약간이요."

"용하다는 분들만 해도 꽤 되는데 오늘 밤 침대에서 들려줄 수 있는데."

나쁘지 않은 방법이지만 더 좋은 방법이 있었다. 구를 만들어 그녀를 향해 쏘았다.

팅~

'방어 부적!'

"왜, 싫은가요?"

"…하하. 지금은 좀 곤란하네요. 명함을 주시면 연락드리죠."

조금 당황스러웠지만 티를 내지 않고 넘겼다.

"그러고 보니 일행이 있었네요. 연락 기다릴게요. 너무 기다리게 하지 말아요."

지효린은 명함을 건네며 귓속말로 속삭인 후 일행이 있는 곳으로 갔고 난 류천석에게 작별 인사를 하고 식당에서 나왔다.

　　　　　　*　　　　*　　　　*

민종수는 네 사람이 얘기하고 있는 테이블에서 조금 떨어진 의자에 앉아 그들의 얘기를 듣고 있었다.

"다음 달에 두 번째 선물이 터질 거라고 했다고?"

민종수의 삼촌 민호준이 친구인 우당의 이사 정무근의 말에 반문을 했다.

"응. 김철의 수족인 허진경의 말이니 분명해."

"젠장! 지금까지 기다려 온 것도 불안해 죽겠는데 한 달을 더 기다려야 한다는 말이야? 나 당장 돈이 필요하단 말이야."

"그럼 일부라도 팔아. 50퍼센트나 올랐으니 더 이상 욕심내지 않아도 돼."

김철의 명령으로 허진경이 판 주식은 모두 네 사람이 가지고 있었는데 민호준의 경우 지난번 작업의 정보 제공료로 받은 40억은 물론이고, 주식을 담보로 20억의 은행 대출과 사채까지 끌어다가 주식시장에서 신선제약 주식을 사들였다.

"지금까지 이자만 해도 얼만데. 게다가 너한테 수수료 5퍼센트 주고 나면 기껏 20퍼센트 정도 떨어질 텐데 고작 그 이익을 보자고 지금까지 마음 졸이고 산 줄 알아!"

"이것도 안 된다, 저것도 안 된다. 정보를 제공하는 내가 더이상 어떻게 해야 하는데. 너 설마 내게 줄 5퍼센트가 아까워서 그런 거냐?"

"누가 그게 아까워서 그런 거냐. 시간이 길어지니까 불안해서 그런 거 아냐!"

민호준의 언성이 조금 커지자 가만히 담배를 피우고 있던 전두치가 나섰다.

"거~ 호준 형님은 얼마 넣지도 않았으면서 좀 가만히 계십시오. 사실 정보를 계속해서 제공하고 있는 정 이사님이 무슨 죄가 있습니까? 막말로 지금 당장 팔아도 20퍼센트의 수익을 얻는 거 아닙니까? 우리가 아는 대로 40억만 넣었다고 해도 세 달 만에 8억은 이익인데. 정 불안하면 제가 형님이 가진 주식을 사드릴 수 있습니다."

"…돼, 됐어. 여기까지 왔는데 한 달은 더 기다려 봐야지."

민서준과 갈등이 있기 전이라면 호기롭게 '동생은 나서지 말라'고 한마디 했을 것이다. 그러나 갈등이 봉합되었다고는 하지만 서로 소모전을 펼치지 말자는 분위기지 예전처럼 돌아간 것은 아니었다.

꼬리를 내리는 민호준을 보며 피식 웃은 전두치는 정무근을 보며 말했다.

"근데 정 이사님, 김철 그놈이 주식을 더 팔려고 하지는 않습니까? 그렇다면 지난번 일에 대한 함정일 가능성도 염두에 둬야 합니다."

한 달 전쯤 김철은 10퍼센트의 주식을 주식시장에 팔았다. 미리 정보를 알고 있던 네 사람은 그때 주식을 팔아야 할지 말아야 할지 한참을 고민했었다.

"전 사장. 그 정도야 나도 알아. 그땐 놈이 갑작스레 돈이 필요해서 그런 것이라고 하지 않았나. 그리고 지금 놈이 주식을 재매입하려고 준비 중인 것 같아."

"어째 정보가 두루뭉술합니다?"

"요즘 국민희망재단 설립 때문에 허진경이 보통 바쁜 게 아냐. 커피 한 잔 같이 마실 시간이 없거든. 이번 것도 어제야 투덜거리며 하는 걸 들어서 알게 된 거야."

"어련히 알아서 하겠지만 많은 돈이 들어간 만큼 최선을 다해주세요. 제가 당하곤 못 사는 성격인 거 잘 알지 않습니까?"

만날 때마다 은근한 협박을 했던 전두치는 오늘도 어김없이 협박을 했다.

"근데 그 자식 미친 거 아닙니까? 이번에 만드는 재단도 1조가 넘는다면서요? 세상이 그런다고 알아주는 것도 아니고요."

"정확하게는 1조 3천억. 거기에 자신이 가진 신선제약 주식도 그쪽으로 넘길 것 같아."

"확실히 미쳤군요."

"돈이 썩어나니까. 얼핏 듣기론 창천그룹에 투자한 돈도 벌써 몇 배는 뛰었다더군. 게다가 아직 건물까지 가지고 있으니 곧 비슷하게 될 거라고 추측하더라고."

"재신이 붙었군요. 사기를 당해도 그 주식이 대박이 되어버리고 사업하는 족족 성공하니. 그 자식 현금 좀 많습니까?"

"모르긴 해도 주식을 매입하려는 거 보니 꽤 생긴 모양이야."

"에이~ 남이 얼마를 가졌든 그게 무슨 소용이람. 아무튼 다음 달 가격 오르는 거 보고 바로 팔아야겠어요. 조직 자금까지 털어 넣었더니 요즘 애들 용돈 주기도 벅찹니다."

말은 포기한다고 했지만 눈엔 욕심으로 번뜩거렸다. 그러다 민종수와 눈이 마주치자 입꼬리를 올리고 웃었다.

'개새끼! 이번 일 끝나고 털러 갈 생각이군. 어디 니 맘대로 되나 봐라!'

민종수는 비웃음을 날리고 고개를 돌려 버린 전두치의 뒤통수를 바라보며 이를 갈았다.

방금 전에 끝낸 얘기를 다시 약간의 내용만 바꿔서 다시 얘기를 시작했다.

"근데 김철 그놈이 우리에게 당했다는 것을 잊고 있는 게 확실한가?"

"회사 연구소의 자료를 어떻게 봤는지 모르지만 손해는커녕 몇 배나 돈을 벌었는데 저희에게 당한 걸 기억이나 하겠습니까?"

위험을 최소화한다는 목적이긴 했지만 옆에서 듣고 있는 민종수에겐 참기 힘든 고문이었다.

민종수는 방에서 나왔다.

문 옆에서 기다리고 있던 상수파의 어깨 둘이 다가와 경호하듯이 붙었다.

"신유리는 어디 있어?"

"촬영장에 있답니다."

"내가 오란다는 소리는 전한 거야?"

"예. 근데 빠져선 안 되는 촬영이라고 일방적으로 끊어버렸습니다."

"병신 새끼들! 말을 안 들으면 직접 가서라도 잡아 왔어야 할 것 아냐!"

"보냈습니다. 한데 워낙 유명한 프로그램이라 불가능했습니다. 특히 오늘 촬영 콘셉트 때문인지 경찰까지 있는 상황이라……."

"이년이 정말 보자 보자 하니까……."

신유리가 자신의 연락을 씹기 시작한 것은 박성명 감독의 영화에 캐스팅된 다음부터였다.

처음엔 처음으로 맡게 된 비중 있는 역할에 바빠서, 대부분 중국 현지촬영이다 보니 그런가 보다 생각했었다. 그런데 한국에 와서도 전화를 받지 않았고 받더라도 바쁘다면 전화를 일방적으로 끊어버렸다.

참다 참다 오늘은 왜 자신을 피하는지 이유라도 듣고자 모든 촬영을 접고라도 오라고 했는데도 기어코 말을 듣지 않은 것이다.

"어디야!"

"네?"

"촬영장이 어디냐고! 내 당장 달려가서 끌고 온다."

"저 근데……."

"뭐!"

성질 같아서 경호원의 얼굴을 날려 버리고 싶었다. 그러나 한 번의 쓰디쓴 경험이 그에게 인내심이라는 걸 생기게 만들었다.

"사장님과 연관이 있는 김철이라는 자 역시 촬영 중입니다."

"김철……."

박성명 감독의 신작에 투자한 곳이 우당이라는 걸 정무근에게 얼마 전에 들었었다.

그땐 껄끄럽긴 했지만 딱히 이상한 생각은 하지 않았었다. 한데 오늘은 흩어져 있던 퍼즐 조각이 맞춰지며 더러운 상상이 머리를 어지럽혔다.

"이것들을 당장에… 으득! 촬영장으로 간다. 혹시 모르니까 애들 몇 명만 주위에 대기시켜 둬."

민종수는 당장에 두 사람을 쳐 죽일 듯한 표정으로 차에 올랐다.

김철과 신유리가 촬영하고 있는 '달려라! 친구들'이라는 예능프로그램은 한국은 물론이고 해외에서도 엄청난 인기가 많은 프로그램이었다.

이번 촬영 콘셉트는 '친구끼리'로 연예계 절친들이 짝을 지어 출연해 각종 게임을 하는 것이었다.

7명의 MC들과 10명의 게스트가 출연하다 보니 촬영장은 연출팀, 촬영팀, 조명팀 등 스태프들만 100여 명이 넘었고 계획된 게임 때문인지 경찰과 119까지 대기하고 있었다.

갖가지 상상을 하며 화가 머리끝까지 치솟은 민종수는 막상 촬영장에 도착해 현장 분위기를 보고 화를 억누를 수밖에 없었다.

"이 새끼는 어디 있어?"

신유리의 매니저를 두리번거리며 찾아봤지만 어디에 처박

혀 보이지 않았다.

별수 없이 어금니를 악물고 촬영을 보며 신유리가 잠깐 쉴 때를 기다렸다.

"넌 내가 지킨다!"

"조심해. 꺄악!"

두 사람은 다른 팀들과 꼬리잡기를 하고 있었는데 신유리는 김철의 허리를 꽉 껴안고 연신 비명을 지르고 있었다.

'지랄하고들 있다!'

민종수는 신유리가 웃을 때마다 속이 뒤집히려는 걸 가까스로 참으며 휴식 시간이 되길 기다렸다.

1시간쯤 지켜보고 있자 마침내 휴식 시간이 주어졌다.

"다음 촬영 준비 전까지 출연진분들은 쉬도록 하겠습니다."

신유리는 아직 민종수가 온 것을 보지 못했는지 인사를 하며 카메라 뒤편으로 다가왔다.

민종수는 그녀의 팔목을 낚아챘다.

"오늘부로 연예계 생활 종치고 싶으면 소리치든가. 아님 조용히 따라와라."

신유리는 팔목이 아픈지 인상을 구기긴 했지만 시끄러운 게 싫었는지 조용히 그를 따라갔다.

촬영장은 보름 후면 개장인 복합 쇼핑몰로 조금 걷자 웬만큼 고함을 쳐도 될 만한 곳이 나왔다.

"씨발!"

민종수는 거칠게 손을 뿌리쳤다.

"꺅! 왜 이래!"

"왜 이래? 내가 왜 이러는지 몰라서 묻냐? 내가 건 전화는 왜 안 받고 오라는 말은 왜 씹는 건데?"

"촬영하는 거 못 봤어? 촬영 중인데 어떻게 가? 내 스케줄 봤으면 요즘 얼마나 바쁜지 빤히 알면서도 그런 소리가 나와?"

"아하~ 그래서 전화도 못 했다?"

"내가 전화를 할 땐 받지도 않더니 전화를 안 하니 안 한다고 이러는 거야? 내가 너한테 도대체 뭐니!"

민종수는 신유리의 말에 뜨끔했다.

술을 먹고 나면 언제나 열 통이 넘는 부재중 전화가 와 있었던 것이 기억났기 때문이었다.

신유리는 김철과 하룻밤을 보낸 후 그와의 관계를 정리하고 민종수에게 최선을 다하려 했었고 그때의 민종수는 김철의 일로 인해 파생된 문제로 짜증이 난다는 이유로 술과 계집질을 하느라 여념이 없었다.

민종수는 순간적으로 움찔하긴 했지만 곧 화를 내며 소리쳤다. 자신에게는 한없이 관대하고 자신 이외의 사람들에겐 냉정한 잣대를 들이대는 것이 그였다.

"남자가 밖에서 일하다 보면 그럴 수도 있는 거지! 그래서, 그때 일로 나에게 복수하려고 이러는 거다?"

"하아~ 일? 매일같이 술 마시고 여자랑 계집질하는 것도 일이니? 내가 모를 거라고 생각했어?"

"……!"

"클럽이나 술집에 다니면서 여자들 꼬인 건 그렇다고 쳐. 소속사 애들 반반하다 싶으면 술집에 불러내 시중들게 하고 호텔로 데려가는 것도 일이니?"

"이, 이게 정말……!"

민망함이 몰려왔다. 그러나 그 민망함은 금세 화로 바뀌었다.

"그러는 넌! 씨발, 철이 그 새끼랑 잤지? 딴 놈이랑 놀아난 게 괜히 찔리니까 내 약점을 물고 늘어지는 거지? 맞지?"

"너 정말……."

"씨발, 잤네, 잤어. 차라리 깨끗하게 잤다고 해. 존나 고고한 척하더니 잘생긴 놈에게 가랑이를……."

철썩!

눈앞이 번쩍하며 고개가 돌아갔다. 민종수는 무슨 일이 일어났는지 순간적으로 이해가 되지 않았다.

"끝이야. 너랑 관계도, 회사와의 계약도. 계약 기간은 지난달로 끝났으니까 오늘부로 끝내기로 해."

신유리는 휙 돌아서더니 가려고 했다. 그제야 정신이 든 민종수는 이를 으드득 갈며 그녀의 어깨를 붙잡았다.

"이게 뒤질라고 작정을 했구나. 어딜 간다는 거야. 넌 아무

데도 못 가!"

민종수는 팔을 한껏 젖히고 신유리의 뺨을 내려치려 했다. 한데 그보다 먼저 주먹이 얼굴로 날아왔다.

으득!

코뼈 주저앉는 소리가 귀청을 때리며 바닥을 나뒹굴었다.

"야아~ 민종수, 니가 내가 있는 곳에 낯짝을 들고 찾아올 수 있는 거냐?"

김철이었다.

'이 병신들은 이 새끼가 여기까지 오도록 뭘 하고 있는 거야!'

정신을 차리고 제일 먼저 경호를 하던 놈들을 살펴보았다. 모두 바닥을 뒹굴고 있었다.

머릿속에 위험신호가 번쩍거렸지만 한쪽 입꼬리를 올리고 웃으며 신유리를 보호하는 김철의 모습을 보니 일단 욕부터 나왔다.

"이 개새끼가 내 애인 옆에서 안 떨어져!"

"하아~ 이놈 봐라. 내가 방금 어떤 개새끼로부터 네 애인을 보호해 줬거든. 고맙다는 말을 그딴 식으로 하냐, 이 개새끼야!"

"우리 사이에서 넌 빠져!"

머리끝까지 솟은 화는 이성을 마비시켜 고등학교 때 동네 양아치 십여 명을 혼자서 박살 냈던 김철임을 잊고 달려들게 했다.

민종수는 달려드는 속도보다 빠르게 다시 바닥을 뒹굴어야 했다. 그리고 그제야 과거의 기억이 떠올랐다.

정신적으로 꺾였지만 지지 않으려는 듯 외쳤다.

"퉤! …씨발! 내일 신문에 어떻게 나오는지 보자."

"안 그래도 경찰을 부를까 생각 중이다. 촬영장에 조폭 나부랭이들이 들어와서 여배우를 납치하고 폭력을 행사했다고 말이다."

"으득! 너 이러고 무사할 줄 아냐?"

"잘난 니 아버지랑 두치파의 전두치를 믿고 까부는 거냐? 걱정 마. 내일부턴 날 생각할 틈이 없을 테니까. 아니, 나만 생각하게 될까?"

"무슨 개소리야! 씨발! 너희 둘 잤지?"

민종수는 더 이상 할 말이 없어지자 조금 전 신유리를 입을 막을 때 썼던 무기를 다시 사용했다.

그러나 위험한 무기일수록 되돌아올 땐 더욱 아픈 법이었다.

"응, 아주 열렬히 사랑을 나눴어."

"……!"

"누구와 달리 난 죽이는……."

어떤 강편치를 맞은 것보다 먹먹해졌다. 의심은 했지만 사실일 거라고는 생각지 않았다.

'거짓말이지, 신유리?'

민종수의 시선은 신유리를 향했다.

뭔가 대단한 일을 해낸 것마냥 조잘거리는 김철의 고개가 한쪽으로 휙 돌아갔다.

신유리가 뺨을 때린 것이다. 그리고 그녀는 굉장히 슬픈 표정으로 김철을 잠깐 바라보다가 뛰어가 버렸다.

그 순간 민종수는 알았다. 두 사람이 잤다는 걸.

그리고 알았다. 그녀의 마음속에 누가 있는지를.

"씨발!"

민종수는 새대가리인지 금세 김철이 얼마나 강한지는 이미 잊어버렸다.

아마도 조금 맞아야 제정신으로 돌아올 것이다.

제3장

똑같이 당해봐

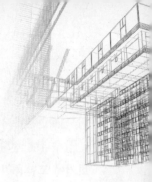

"끄응!"

아무리 술을 마셔도 분함에 잠에 들지 못하고 밤새 뒤척이
던 민종수는 여기저기 쑤시는 몸을 일으켰다.

"둘 다 갈아 마셔 버리겠어!"

어제 신유리가 김철과 잤다는 얘기를 들었을 때 묘한 기분
에 김철에게 무작정 달려들었다. 그땐 사랑에 배신당해 그런
것이라 생각했지만 밤새 생각해 보니 아니었다.

바로 자신의 것을 빼앗겼다는 데서 오는 분함이었다.

밤새 어떻게 연놈을 박살 낼지는 충분히 생각했다. 그저 행
동으로 옮기면 되었다.

"근데 이 병신새끼들은 왜 전화를 안 받아? 깡패라는 것들이 연예인한테 처발리고 잠이 오냐!"

상수파에 전화를 했지만 받지 않았다. 민종수는 애꿎은 전화기에 고함을 버럭 질렀다.

전화기를 침대에 던져놓고 화장실로 갔다.

"으아~~~! 이 빌어먹을 자식!"

온 얼굴이 울긋불긋 피멍투성이었다. 이래선 몇 주간은 밖에 나가질 못할 것 같았다.

욕실에서 다시 한 번 지랄발광을 하고 나서야 기분이 좀 나아졌다.

'근데 어제 그 자식이 정 이사에게 고맙다고 전하라고 했었지? 무슨 의도로 그런 말을 한 거지?'

양치질을 하다 보니 문득 어제 김철이 마지막에 쓰러진 자신을 향해 했던 말이 기억났다.

그땐 분함에 대수롭지 않게 넘겼는데 지금 생각하니 뭔가 이상했다.

'그러고 보니 오늘이 되면 자길 생각할 시간이 없을 것이라 말했었지? 설마……'

문득 떠오르는 것이 있었다. 양치질을 멈추고 밖으로 나가 스마트폰에 있는 '찌라시'라 적힌 앱을 켰다.

말이 찌라시지 한 달에 상당한 사용료가 부가되는 고급 정보 제공 프로그램이었다.

[신선제약의 중동바이러스 신약 국제특허권 소유주 출현. 특허를 침해당했다며 법원에 신약 판매금지가처분 신청 준비 중. 매수주의 요망.]

　"……!"
　순간적으로 이해가 되지 않았다. 그러나 이해 못 할 정도로 어려운 말이 아니었기에 곧 당했다는 걸 알 수 있었다.
　"아버지! 아버지!"
　민종수는 민서준을 부르며 아래층으로 서둘러 내려갔다.
　민서준은 두 손으로 얼굴을 가린 채 소파에 온몸을 기대고 있었다.
　"아버지, 당했습니다. 놈이… 놈이……."
　"…안다."
　"그럼 얼른 수습을……."
　"무슨 수로? 주식은 바닥을 모르고 떨어질 거다. 게다가 특허권 분쟁이 끝날 때까지 거래조차 되지 않겠지. 그럼 놈이 가만히 있다 해도… 우린 알아서 고사해 죽을 거다."
　"그, 그럼 방법이 없다는 겁니까?"
　"허허, 글쎄다. 지금은 다 정리하고 나면 돈이 얼마나 남을지 계산해 후일을 도모하는 수밖에 없구나. 어린놈에게 이렇게 당할 줄이야. 만일 지난번에 당해준 것까지 계산에 넣었다면 정녕 무서운 놈이다."

민서준은 허탈하다는 듯 웃고 있었다. 언제가 흐트러짐 없이 강한 모습을 보이던 민서준은 패배자의 모습을 하고 있었다.

민종수는 그런 그의 모습이 마음에 들지 않았다. 그래서 소리쳤다.

"방법이 있습니다! 놈을 죽여 버리면 됩니다."

"복수야 되겠구나. 그러나 이런 계획을 짠 놈이 그런 간단한 생각을 못 하겠느냐? 분명 우리가 그렇게 나오길 기다리고 있을 거다."

"아버진 놈을 과대평가하는 겁니다! 전에 말씀하셨죠? 가진 것을 뺏기지 말아야 한다고요. 뺏겼다면 무슨 수를 써서라도 다시 돌려받아야 한다고요."

"그랬지. 그러나 그것도 상황을 봐가면서 해야지. 지금 당장 하는 건 불에 뛰어드는 부나방이나 마찬가지다."

"단 한 번의 패배로 약해지셨군요. 아버지가 못 하겠다면 제가 합니다!"

민종수는 난생처음으로 민서준에게 소리쳤다. 그리고 위층으로 올라가 옷을 챙겨 입고 밖으로 나갔다.

"종수야!"

민서준이 불렀지만 그는 못 들은 척 걸음을 멈추지 않았다. 오로지 자신의 돈을 되찾을 생각뿐이었다.

세상일이 마음대로 되지 않는다더니 정말 그랬다.

머리를 써서 함정에 빠뜨리려고 할 때는 당했고 걸리든지 말든지 힘으로 해결하겠다고 생각하니 오히려 걸려들었다.

은지명 전 신선제약 사장은 사재에 사채까지 쓰며 연구에 매진을 하면서 M&A 같은 만일의 사태를 대비해 연구의 결과물들을 회사가 아닌 자신의 이름으로 특허권을 해뒀었다.

그것을 지난번 해외로 그와 그의 가족을 도피시켰을 때 내가 양도받았는데 그걸 이용해 그들의 주식을 팔리지 못하게 묶어버렸다.

모르긴 몰라도 그대로 방관한다면 그들의 주식은 한없이 떨어질 게 분명했다.

"기사 봤어요. 그리 좋아할 일은 아니지 않나요?"

허진경이 커피를 들고 내 사무실로 들어오면서 말했다.

"다른 일 때문에 기뻐하는 거야. 그나저나 오늘은 후다닥 서두른 티는 안 나네?"

"이사장님이 연기를 해주신 덕분에 최소한 사람답게는 살고 있어요. 그나저나 다음 달 초에 끝내고 나면 한 이 주일쯤 휴가나 보내주세요."

"한 달간 다녀와. 내 카드 줄 테니까 먹고 싶은 거, 사고 싶은 거 마음껏 사고."

"기둥 몇 개 뽑아 드려야겠네요."

"기꺼이."

"칫! 이런 멋진 애인을 얻어야 하는 건데."

"후후! 허 실장이 남자한테 그런 애인이 되면 더 좋지 않아."

"그렇긴 하죠. 한데 오늘은 무슨 일을 시키려고 이렇게 행차하셨어요?"

"일단 커피부터 마시고."

그녀가 가져온 커피를 마실 땐 온전히 커피의 향과 맛에 집중하는 게 좋았다. 마지막 한 모금까지 마신 후에야 오늘 온 목적을 말했다.

"오늘 온 건 정무근 이사에 대해서 말할 게 있어서야. 허 실장 그와 꽤 친하지?"

"…아셨어요? 말씀하실 게 혹시 비리와 관련된 것이라면… 제가 먼저 말씀드리면 안 될까요?"

"변론을 하겠다?"

"변론이라고 할 수도 있겠네요."

"해봐."

그가 어떤 인물인지 그가 그녀에게 접근해 어떤 일을 벌였는지 말하려다가 일단 들어보기로 했다.

"제가 이사장님을 어렸을 때부터 지켜보고 있었다는 건 알고 계실 거예요. 그러다 유산 상속이 되기 2년 전부터는 이사장님이 우당에 오면 도움이 되라고 절 이곳에 취직시키셨죠."

"알아. 후후! 처음엔 웬 감시자를 붙였나 했는데 지금은 부이사장님께 정말 감사해. 허 실장에게도."

"그렇게 말씀해 주시니 제가 한 일이 헛되지 않은 것 같아 좋네요."

"근데 개인적인 질문인데 도대체 언제부터 내 주변에 있었던 거야?"

"이사장님이 코 흘리고 다닐 때부터요."

"코 흘린 적 없거든!"

"있거든요! 사실 처음엔 왜 제가 코찔찔이 꼬맹이의 일거수일투족을 살펴야 하는지 불만이 많았어요."

"글쎄 코 흘린 적 없다니까. 쩝! 어쨌든 그런데?"

"조금 큰 후에 알았어요. 삼촌이 저희 집에 상당히 많은 돈을 지원해 주고 계셨는데 아빠가 미안하다며 자원해서 그 일을 하겠다고 하셨대요. 근데 아빠 몸이 많이 불편했어요. 그래서 제가 그 일을 대신해서 맡게 된 거죠."

"부이사장님이 아니라 아버님께 감사드려야겠네."

"눈 감고 감사하다고 속으로 말해보세요."

느낌이 왔지만 모른 척하고 그녀의 말을 따랐다.

"됐어요. 들으셨을 거예요. 근데 무슨 얘기를 하다가 여기까지 온 거죠? 아! 우당에 취직한 부분까지였죠."

순간 그녀는 내 심장마저 저릿한 표정을 지었지만 곧 애써 밝은 척 말을 이었다.

"입학, 신학기, 첫 유학, 첫 생리… 헤헤, 이건 아니고. 아무튼 새로운 환경에서의 처음은 언제나 힘든 법이지만 지금까지 회사만큼 어려운 곳이 있나 싶어요. 삼촌이 부이사장인 걸 숨기고 일했는데 그때 저에게 많은 힘을 주신 분이 정무근 이사님이셨어요."

'의심이 많을 줄 알았는데 의외로 한번 믿은 사람은 끝까지 믿는구나.'

모든 것이 완벽한 여자라고 생각했는데 의외였다.

물론 그러한 그녀의 성격이 싫다는 건 아니었다. 그러한 성격에 가장 큰 수혜를 받고 있는 사람이 내가 아닌가.

"제가 부이사장님의 조카이고 우당의 전반을 살피기 위해 평사원 생활을 했음을 알았을 때 친했던 동료의 눈빛, 늘 일을 가르치느라 혼냈던 상사의 눈빛 하루아침에 바뀌더군요. 그러나 정 이사님은 유일하게 바뀌지 않는 눈빛으로 예전 그대로 대해주셨죠."

'네가 부이사장의 조카라는 걸 알았을 테니까.'

"말이 길어졌는데 정 이사님이 저지른 비리는 다른 이사님들의 비리를 밝혀내기 위해, 저를 돕기 위해 어쩔 수 없이 저지른 일이에요. 그건 제가 보증해요. 만일 벌해야 한다면 제가 책임을 져야 한다고 봅니다."

허진경의 말을 듣고 차마 '그가 당신을 이용했다'고 말할 수 없었다.

'모르는 게 약일 수도……'

내 자신보다 더 믿던 이의 배신은 참으로 견디기 힘든 일이었다. 앞으로 중요한 일을 맡아야 하는 그녀에게 좋은 교육이 될 수도 있겠다 싶으면서도 왠지 지금처럼 일하는 능력을 잃게 될까 두려웠다.

"음, 얘기 잘 들었어. 한데 내가 허 실장을 부른 이유는 벌을 주기 위함이 아니라 상을 줄까 해서야. 사실 이사의 자리에 있으면서 그 정도의 사소한 부정만 저지르기도 힘들거든. 그래서 정 이사님이 뭘 좋아할까 물어보려고 부른 거야. 연세 드신 분께 젊은 놈이 돈만 턱하니 주긴 버릇없어 보이잖아?"

"아! 제가 너무 앞서갔네요."

"많이 앞서갔지. 허 실장 얘기를 듣고 나니 더 대단한 분 같으니 더 좋은 선물로 해드려야겠네. 어떤 게 좋을까?"

"머니 머니 해도 머니죠."

그녀가 개그에 약하다는 단점도 알게 되었지만 사소한 것이니 넘어가도록 하자.

"금일봉에 휴가를 드리는 걸로 할게. 그럼 가볼까."

"바로 가시려고요?"

"전체 회의 석상에서 드리고 싶은데 그러면 설명을 해야 하니 번거롭잖아."

"그렇긴 하네요. 아무튼 감사드려요, 이사장님."

마치 자신이 상을 받는 듯 고마워하는 모습을 보니 씁쓸했다.

"정 이사님은요?"

"아! 이사장님. 안에 계십니다. 잠시 기다려 주십시오."

징무근 이사의 비서는 인터폰으로 내가 왔음을 알렸고 곧 들어갈 수 있었다.

"이사장님이 제 사무실엔 웬일이십니까? 이쪽으로 앉으시죠."

정무근 이사는 꽤나 당황했을 텐데도 사람 좋은 얼굴로 나를 맞이했다.

난 그와 길게 얘기할 생각이 없었다. 그래서 단도직입적으로 말했다.

"기사 봤습니까?"

"네?"

"신선제약 특허권 소송 기사 봤냐고요. 봤으면 지금 여기 있으면 곤란한 거 아닙니까?"

"아! 조금 전에 봤습니다. 근데 우당도 신선제약 주식을 가지고 있어 곤란하긴 하겠군요."

능구렁이가 따로 없었다.

"지난번 일의 정보를 이사님이 민종수 일당에게 넘겨줬다는 거 다 알고 왔으니 길게 얘기하지 맙시다."

"무슨 소린지 도통 모르겠군요. 이사장님, 제가 지금 좀 바빠서 밖에 나가봐야 하니 다음에 조용히 얘기하도록 하시죠."

겉으론 괜찮은 척했지만 속이 타는 모양인지 일어나서 겉옷을 걸치고 있었다.

"지금 제 말을 안 들으면 후회할 텐데요?"

"이사장님이 아무리 직급상 위에 있다고 해도 저 역시 지금과 같은 대우를 받을 정도는 아니라고 생각합니다. 예의를 지켜주시기 바랍니다."

나의 이죽거림에 정무근은 정색하면서 말했다.

하늘 우러러 한 점 부끄럼 없다는 듯한 태도와 표정. 만일 그가 내통했다는 증거와 확신이 없었다면 나 역시 스스로를 의심했을 것이다.

"쩝! 싫다는 분께 억지로 말하는 것도 예의가 아니죠. 나중이 있을지 모르지만 볼 수 있으면 보죠."

"먼저 실례하겠습니다."

"하하! 제 사무실도 아닌데 같이 나가시죠. 작별 인사는 문에서 하죠."

정무근과 어깨를 나란히 하고 비서실을 지나 복도로 나왔다.

"그럼, 전 이만."

"잘 가십시오."

표정과 다르게 똥줄이 타는지 그는 도망가려는 사람처럼

성큼성큼 엘리베이터를 향해 걸어갔다.

난 그 자리에 서서 그가 엘리베이터를 타러 내려가는 모습을 보고 창 쪽으로 이동해 우당의 현관이 있는 곳을 바라보았다.

정무근은 현관을 나오더니 뒤도 돌아보지 않고 뛰더니 택시를 탔다.

"민종수에게 내가 한마디 했다고 알려주려고 했는데 그냥 가다니 운이 없는 사람이네. 들었다면 어쩌면 살 수 있었을 것을."

정무근이 탄 택시 뒤로 검은색 차량 한 대와 승합차 한 대가 뒤따르고 있었다.

허진경을 위해서라도 도망칠 수 있는—말해준다고 해서 도망칠 수 있을지 모르지만—기회를 주려했는데 걷어찬 건 정무근 그 자신이었다.

돌아서서 사무실로 향했다. 이제 그가 어떻게 되든 그건 내 관심 밖이었다.

*　　　*　　　*

—오늘 밤입니다.

양상수였다.

"오랜 시간 고생했다. 계획대로 하자."

—알겠습니다. 형님이 직접 움직이실 겁니까?

"그래야지. 내 일인데."

　—제가 좀 거들까요?

"아니. 조용히 해결할 생각이다. 다만 뒤처리만 잘 부탁한다."

　—아쉽네요. 알겠습니다.

전화를 끊고 돌아서자 손지남이 귀를 쫑긋 세우고 있었다.

"제 버릇 남 못 준다더니……. 회장으로서의 체통 좀 지키시죠."

"빌어먹을 놈! 니가 원했던 정보들도 이런 식으로 알아낸 거거든."

"정보 요구하기가 미안해지는군요. 아무튼 지예는 삼 일 정도만 봐주세요."

"누가 들으면 니가 애비인 줄 알겠다. 근데 계속 데리고 있는 거 보면 뭔가 고칠 가능성은 보이냐? 아님 그새 정이 들어 데리고 살려고 그러는 거냐?"

"…가능성이 보여서입니다."

"정말이냐! 허허허! 역시 맡기길 잘한 것 같구나. 한데… 몹쓸 기억까지 되살아날까 조금 걱정이긴 하다."

"이겨내야겠죠."

"부디 그래야 할 텐데……. 어쨌든 지예는 내가 데리고 있을 테니 넌 오늘 명분을 잘 만들어둬라. 나머진 내가 알아서 해

주마. 혜화동 일대와 현재 두치파 영역의 3분의 1 정도는 양보해야겠지만 알짜배기는 네놈에게 주마."

"무리하지 마세요. 그러다 또 쫓기면 그땐 저도 모릅니다."

"이놈이 누굴 걱정하는 거야. 내가 손지남이야! 예년의 힘을 되찾았으니 걱정하지 마."

"아~ 네. 그럼 살 처리해 주세요."

손지예를 맡긴 후 종로 사직동으로 차를 몰았다.

"오랜만에 뵙습니다, 사장님."

주위를 두리번거리다 내 차에 오른 도상엽은 방찬희와 마찬가지로 날 사장님이라 불렀다.

"경정으로 승진하고 수사대장으로 영전했다는 소식은 들었습니다. 축하드립니다."

"다 사장님 덕분입니다. 돈이 좋긴 좋군요. 최소한 5년은 더 있어야 가능할 줄 알았는데."

"능력이 되어야 그것도 가능한 겁니다. 그리고 저번에 드린 통장으로 얼마 넣었으니 수하에게 얼굴 좀 세우십시오."

"감사합니다. 한데 이렇게 찾아오신 걸 보니 제 힘이 필요한 일이 있나 봅니다."

"돈이 많다는 소문이 나서인지 노리는 사람들이 많더군요. 특히 조폭들마저 노린다는 소문이 돌아 도움 좀 받고자 왔습니다."

"음, 심증만 있다면 사건 자체를 은폐하긴 쉽습니다. 그러나 일단 주검이 나오면 수사는 시작해야 합니다. 뒤처리라면 차라리 전문가의 손을 빌리는 것이 더 나을 수도 있습니다."

방찬희도 그렇지만 도상엽도 짠 것처럼 예전 사건의 범인이 나라고 단정하고 있는 모양이었다.

정말 내 편으로 만들지 않았다면 꼬리가 잡혔을 수도 있었겠다 싶었다.

"절 마치 살인귀처럼 생각하는군요."

"아, 그, 그게 아닙니다. 제 말은 그러니까……."

"괜찮습니다. 방 과장 때문에 아주 익숙합니다. 사실 당하고만 있을 수 없어 조금 친한 조직에 경호를 부탁해 둔 상태입니다. 혹 그들 사이에 싸움이 일어나면 저희 쪽은 가급적 정당방위 쪽으로 처리를 부탁드린다는 겁니다."

"조폭 대 조폭이 아니라 조폭과 경호원의 싸움으로 해달라는 거군요?"

"맞습니다."

"충분히 가능합니다. 다만 크게 다치거나 죽는 사람이 생긴다면 몇 명의 희생양이 필요한 건 아시죠?"

"물론입니다."

"그리고 조폭 쪽에서도 검찰과 손이 닿은 자들이 많은데 그쪽에서 나서게 된다면 제 힘만으로 부족할 겁니다. 그에 대한 생각은 있으십니까?"

"조용할 겁니다."

"그렇다면 문제 될 것이 없겠군요. 출동은 언제쯤 시키면 되겠습니까?"

"오늘 밤이요. 가급적 조용히 처리해 주면 좋겠습니다. 아시다시피 제가 연예인이잖아요."

"…알겠습니다."

나름 분위기를 좋게 하고자 한 말이었는데 방찬희와 달리 도상엽의 반응은 무미건조했다.

그과 헤어진 나는 오늘 밤을 위해 또 다른 곳으로 부지런히 움직였다.

*   *   *

"으아아아아아악!"

듣는 것만으로도 소름이 끼치는 비명 소리에도 전두치는 남의 일인 양 담배를 피우며 해가 떨어지면서 짙어지고 있는 녹음을 보고 있었다.

맞는 말이었다. 비명을 지르는 이는 남이었다.

얼마 전까진 술도 같이 한 잔씩하고 서로의 집안 행사에도 참석하는 사이이었으나 그제부터 남이, 아니, 적이 되었다.

'빌어먹을! 손해가 도대체 얼마야.'

비명은 계속 들려왔다. 그러나 사실 그는 비명에 무신경하다기보단 신경 쓸 새가 없었다. 머릿속에선 온통 잃어버린 돈에 대한 생각뿐이었다.

한몫 크게 챙기려고 조직의 자금에까지 손댄 것이 문제였다.

외부적으로는 그가 보스였기에 조직이 벌어들이는 모든 자금에 대한 소유권을 가지고 있다고 생각하겠지만 반만 맞는 얘기였다.

사업체에서 열심히 번 돈은 모두 그에게 들어오지만 다시 아래로 내려보내야 할 돈이기도 했다.

폭력 조직도 조직이었고 조직은 돈으로 굴러갈 수밖에 없었다.

누군가를 죽이라는 명령에 아무런 의심 없이 칼을 들고 찌를 수 있는 것은 절대적 충성 때문이 아니었다. 그 일을 저질렀을 때 돌아올 달콤한 과실을 보고 저지르는 일이었다.

돈은 조직에 있어서 피였다. 부지런히 움직이지 않으면 고사하게 마련이었다.

주식이 제 가격일 땐 한꺼번에 더 많은 피를 공급받을 수 있다고 생각한 조직원들이 참고 기다렸기 때문에 괜찮았다. 그러나 악재가 터지고 주식이 팔리지 않은 채 계속 떨어지고 있는 현 상황에선 그들의 참을성이 언제까지 갈지는 알 수 없었다.

그는 급하게 그가 가진 부동산들을 팔아서 조직의 자금을 채우고 있지만 조직원들을 달래기에 많이 부족했다.

'제발 그놈이 많은 돈을 가지고 있어야 할 텐데.'

김철을 납치한다고 해도 속전속결로 끝내야 했다. 길어지면 조직 전체가 무너질 수도 있는 일이었다.

"회장님, 끝난 모양입니다."

어느새 비명 소리는 들리지 않고 있었다. 곧 고문을 담당한 조직원이 생수로 손을 씻고 나왔다.

"실토하던가?"

"아뇨. 어지간하면 안 한 일도 했다고 할 만한데 끝까지 자신은 모르는 일이라고 합니다."

"김철이라는 놈의 재산에 대해서는?"

"잘 모른답니다. 다만 놈의 재산을 관리하는 이가 누구인지는 말했습니다. 허진경이라고 부이사장의 조카로 얼마 전까지 놈의 비서였답니다."

"고생했다. 여기 뒤처리하고 몇 명 데려가서 그 여자 데려와."

"회장님 댁으로 데려갈까요?"

"아니. 술 창고에 가둬놔. 혹시 모르니 협박용 물건들도 준비해 두고."

"흐! 알겠습니다."

여자를 협박용으로 사용한다는 것이 무얼 의미하는지 잘 아는 조직원은 비릿한 웃음을 지으며 대답했다.

지시를 내린 전두치는 자리에서 일어났다.

사실 그가 이곳까지 올 이유는 없었다. 그러나 자신에게 막

대한 피해를 입힌 놈의 비명 소리라도 들어야 화가 조금이나마 풀릴 것 같아 온 것이었다.

"오늘 일은 누가 준비하고 있지?"

차를 타고 내려가면서 그의 장자방이라 할 수 있는 변호사에게 물었다.

"송곳 형님과 작두가 이십여 명과 준비 중입니다."

"저쪽에선?"

"상수파에서도 비슷한 수준으로 보입니다."

"한 놈 잡으러 가는데 사십 명이 우르르 몰려가는 꼴이라니. 쯧쯧쯧!"

전두치는 못마땅한 표정으로 혀를 찼지만 그렇다고 해서 수를 줄일 생각은 없었다. 김철이 아닌 민종수와 상수파가 딴짓을 할 수도 있었다.

"서른 명쯤 더 준비시켜서 뒤를 밟게 해. 조금이라도 허튼짓을 하면 그 자리에서 아예 처리하고 김철만 데려올 수 있도록 해."

"그렇지 않아도 혹시나 싶어 술집 관리하는 애들 하루 쉬게 하고 준비해 뒀습니다."

"역시 자네야. 집에 가기 전에 사우나에 잠깐 들르지. 피 냄새가 옷에 밴 것 같아."

집에 가봐야 일이 끝날 때까지 기다려야 하는데 그럴 바엔 사우나에서 푹 쉬다가 갈 생각이었다.

　　　　＊　　　　　＊　　　　　＊

　민종수는 다소 긴장한 얼굴로 입술을 깨문 채 술을 들이켰다. 반쯤 빈 양주병의 술을 잔에 따르려는데 그의 팔목을 잡는 사람이 있었다.

　"더 마시면 취합니다. 적당한 음주는 괜찮지만 괜스레 많이 마셨다가 일을 그르칠 수 있습니다."

　인상을 쓰면서 고개를 돌렸던 민종수는 상대가 상수파의 서열 3위인 성찬승이라는 걸 알고 표정을 풀며 말했다.

　"한 잔 더 마시고 그만 마시죠. 한데 아까 제가 말한 것은 전했습니까?"

　"예. 형님도 종수 씨 생각에 전적으로 공감하더군요. 그래서 근처에 수하들을 더 배치하기로 했습니다."

　민종수는 전두치를 믿지 않았다.

　그래서 야료를 부리며 김철을 독차지하려 할 가능성이 있었기에 준비를 해야 한다고 상수파에 건의를 한 것이다.

　"잘됐군요. 그럼 다른 의견은?"

　"글쎄요? 그건 좀 민감한 문제라서……. 사실 준비는 할 수 있지만 함부로 공격할 수는 없습니다. 그게 조직 간의 규칙입니다. 잘못하면 연합회의 결정으로 전체 조직의 공격을 받을 수도 있습니다."

"…그렇군요."

수긍한다는 듯 대답했지만 속마음은 달랐다.

'병신들! 그놈이 얼마를 가지고 있을 줄 알고 그걸 둘로 나누려는 거야? 게다가 나의 경우는 절반을 나눌 걸 또 반으로 나눠야 하잖아. …어떻게 해서라도 분란을 만들어야 해.'

가장 좋은 방법은 독식이었지만 애초에 그 방법은 불가능하니 절반이라도 먹을 생각이었다.

민종수는 어떻게 분란을 만들어야 어색하지 않을지 고민하며 들고 있던 술을 마셨다. 그리고 습관적으로 술병을 잡았는데 이번에도 성찬승의 손이 그를 막았다.

눈빛을 보니 더 마신다고 하면 술병으로 내려칠 기세였기에 슬며시 병에서 손을 뗐다.

'씨발! 이걸 다 마셔도 취하지 않는다고! 취하려면 최소한… 아! 그 방법이 있었군.'

취한 척 두치파를 긁어서 싸우게 만들 생각이었다. 하지만 그러려면 한 가지 조건이 충족되어야 했다.

그래서 슬쩍 운을 띄웠다.

"한데 제가 두치파의 몇몇과 그리 좋은 관계가 아닙니다."

"걱정 마십시오. 형님이 무슨 일이 있더라도 종수 씨는 보호해서 안! 전! 히! 데려오라고 했습니다."

"하하하! 말을 들으니 왠지 안심이 되는군요."

민종수는 속으로 쾌재를 불렀다. 100퍼센트 믿을 수는 없지만 그의 말투에서 어느 정도는 보호를 해줄 거라는 확신이 들었다.

'성깔 더럽고 급한 작두가 온다면 더 쉬워지겠어.'

이런저런 생각을 하고 있는데 출발 시간이 되었다.

"종수 씨는 저랑 승용차를 타시죠."

"고맙습니다."

더운 날씨에 덩치들과 승합차를 타는 건 사양이었다.

대기 장소에서 김철의 집까진 10분 남짓, 거의 도착할 때쯤 성찬승이 복면을 내밀었다.

"CCTV가 많은 지역입니다. 정수 씨는 얼굴이 알려지면 곤란하니 이걸 쓰십시오."

"배려 고맙습니다."

생각지도 못한 배려에 고마웠다.

그러나 그가 배려라고 생각했던 것이 함정의 시작임을 민종수는 알지 못했다.

"두치파인가 보군요. 잠깐 기다리십시오."

김철의 집 앞쪽 골목엔 이미 승합차 세 대가 도착해 기다리고 있었다.

성찬승은 차에서 내려 두치파의 승합차 쪽으로 다가갔다. 그러자 승합차에서 한 명이 내렸는데 민종수가 기대하던 작두였다.

'오케이! 김철을 잡으면 바로 실행하면 되겠어.'

민종수가 쾌재를 부르고 있을 때 성찬승이 나오라는 신호를 보냈고 차에서 조폭들이 우르르 내렸다.

협의하에 성찬승이 말을 하기로 했는지 그가 입을 열었다.

"두 명이 가서 문을 따면 바로 들이닥친다. 2인 1조이며 상수파와 두치파가 한 명씩 짝을 이룬다."

뒤통수를 맞지 않을 좋은 방법이었기에 어느 누구도 반론을 제기하지 않았다.

"고(Go)!"

드디어 시작됐다.

복면을 쓴 민종수는 가벼운 흥분을 느끼며 상수파와 두치파가 하는 양을 지켜봤다.

해머를 든 한 명과 빠루를 든 한 명이 문으로 달려가 문을 부쉈다. 그리고 열렸다는 신호를 보내왔다. 두 명씩 짝을 지어 김철의 집으로 달려 들어갔다.

민종수는 성찬승과 작두 조와 함께 중간쯤 달려 들어갔다. 현관 앞 작은 마당과 현관문으로 가는 계단과 복도에도 덩치들로 채워져 있었다.

틈이 없을 것 같았는데 성찬승, 작두 두 사람이 다가가자 지나갈 공간이 만들어졌다.

민종수는 두 사람의 뒤를 따라 현관 앞까지 갈 수 있었다. 막 앞서 문을 부쉈던 두 사람이 현관문을 부수고 있었다.

콰직!

전자 도어는 빠루의 한차례 공격에 힘없이 부서졌고 현관문이 열렸다.

'김철! 오늘도 지난번처럼 그리 당당한가 보자.'

민종수는 성찬승, 작두를 앞세워 현관으로 들어갔다.

*   *   *

문이 열렸다. 익숙한 얼굴이 들어왔다.

"오랜만이다. 잘 지냈냐?"

"예, 큰형님. 그동안 잘 지내셨습니까?"

들어온 이는 천안 시절 동생이었다.

"큰형님이라니, 누가 들으면 내가 엄청 늙은 줄 알겠다. 상수랑 구분하기 위해 부르는 거라면 그냥 형이라 불러라."

"그럴 순 없죠. 조금 전에 전두치가 집에 들어왔답니다. 지금 가시면 될 것 같습니다."

집에서 쳐들어오는 이들을 상대해 봐야 피곤만 할 뿐 일이 해결되지 않는다. 이럴 땐 그냥 머리를 잡는 게 제일 좋았다.

"내 집 쪽은?"

"조금 전에 출발했다고 하니 아마 지금쯤 도착해서 들어갔을 겁니다."

"후후! 놀라겠군. 그 모습을 보고 싶은데."

"집에 설치된 CCTV를 스마트폰으로 확인할 수 있습니다."

"그래? 난 그런 거 몰라. 애들이 알아서 잘하겠지."

나 같은 놈이 두치파에 있다면 모를까 준비를 해둔 상태에서 당할 가능성은 적었다.

"가자. 우리도 할 일을 해야지."

"기본적인 준비, 그러니까 최소한 복면이라도 하셔야 하는 건 아닙니까?"

"필요 없어. 이삭줍기만 하면 돼."

전두치의 집은 걸어서 2분 거리에 있었다.

*   *   *

"이런 씨벌놈들, 눈치 깠군."

작두는 갈고 갈아 본래보다 반쯤 얇아진 작두를 꺼내며 거칠게 말했다.

민종수는 눈을 데굴데굴 굴리며 한 걸음 물러났다.

들어선 거실에는 있으라는 김철은 보이지 않고 스무 명쯤 보이는 경호원들이 진형을 갖추고 서 있었다.

"하지만 어쩐데? 쪽수는 이쪽도 만만치 않은데."

꽤 넓은 거실이지만 계속해서 들어오는 두 조직의 조직원들 때문에 금세 사람들로 가득 찼다.

"존나 많네."

경호원 중 한 명이 말했다.

"알았으면 김철을 우리한테 얌전히 넘겨! 괜스레 돈 몇 푼 번다고 다치지 말고."

작두는 작두를 크게 휘두르며 위협했다.

"젠장! 그리고 싶군. 근데 어쩌지? 집주인은 다른 곳에 갔는데. 우리가 그냥 간다면 보내줄 생각인가?"

"주인 새끼가 어디 갔는지 말해준다면."

마지막으로 들어온 송곳이 긴 꼬챙이를 든 채 전면에 나섰다.

"이거 참, 무기들이 살벌하군. 어쩌지, 말해줄까?"

"그게 낫지 않겠어?"

민종수가 보기에 경호원들은 자신들보다 두 배나 많은 인원을 보고도 말로만 무섭다는 듯 떠들 뿐 조금도 두려워하는 기색이 없었다.

'뭐지? 뭔가 믿고 있지 않다면 저럴 수 없는데?'

민종수는 등골을 타고내리는 섬뜩함에 조금씩 뒷걸음 쳤고 벽까지 이르렀다.

'맙소사! 저들이 믿는 건 바로……'

벽에 등을 대고 서자 앞에 있는 경호원들 대신 두치파와 상수파의 조직원들이 보였다. 한데 상수파의 조직원들이 대부분이 두치파 뒤에 서 있었다.

"조심!"

민종수가 눈치를 채고 고함을 지를 땐 이미 상수파 조직원들은 전기충격기를 꺼내 앞에 있는 두치파를 공격하고 있었다.

바지지지직! 바지지지직! 바지지지직!

바지직거리는 소리가 거실을 가득 채웠고 착각인지 모르지만 살 타는 냄새가 맡아졌다.

"······!"

전기충격기의 폭풍이 지나가고 나자 송곳과 작두를 포함해 두치파 중 서 있는 사람은 아무도 없었다.

"이런! 방금 전까지 기세등등하던 사람들은 어디 갔을까?"

아까부터 장난스럽게 말하던 경호원이 쓰러져 있는 송곳과 작두에게 다가가 이죽거리며 말했다.

온몸에 힘이 하나도 없는 송곳과 작두는 죽일 듯이 쳐다만 볼 뿐 할 수 있는 일이 없었다.

그때 성찬승이 나섰다.

"야야! 장난치지 마. 같은 업종에 종사하는 사람끼리 최소한 예의라는 게 있는 법이다."

"죄송합니다, 형님."

"나한테 말고 이 사람들에게."

"아, 예! 예의를 지켰어야 하는데 죄송합니다."

두 사람이 하는 양을 보던 민종수는 김철과 상수파에게 완전히 농락당했다는 걸 알 수 있었다.

'당장 도망가야 해!'

전기충격기에 맞지 않았음에도 온몸에 힘이 들어가지 않았다. 정신을 가다듬고 나서야 겨우 옆으로 한 발자국 움직일 수 있었다.

'3미터만 가면 돼!'

세 걸음에 불과한 거리가 마치 몇 킬로미터처럼 느껴졌지만 민종수는 상수파의 눈치를 보며 서서히 게걸음으로 움직였다.

그가 천천히 움직이고 있을 때 성찬승은 혼을 내던 경호원에게 말했다.

"사과를 했으니 이젠 조져."

"네?"

"시작했으면 은퇴를 당하든가 시켜주든가 해야 할 것 아냐. 그게 같은 업종에 종사하는 사람끼리의 좆같은 예의지. 안 그래?"

"큭큭! 백번 옳은 말씀입니다. 애들아! 오늘 은퇴식이다. 조져!"

상수파 조직원들은 일제히 쓰러져 있는 두치파를 두들기기 시작했다.

몰골이 송연해질 장면이었지만 민종수에겐 도망칠 기회이기도 했다.

콱!

막 돌아서서 나가려는데 단검이 날아와 벽에 걸어둔 액자에 박혔다.

"큰형님이 널 데려오라고만 하셨지 어떤 상태로 데려오라고 는 말 안 하셨거든. 사지 중 하나 잘려서 가고 싶지 않으면 저 쪽 구석에서 얌전히 있어라."

민종수는 그가 가리킨 곳으로 갈 수밖에 없었다.

'설마 큰형님이라 부르는 이가…… 아냐! 아닐 거야. 아니어 야 해!'

왠지 그가 큰형님이라고 부르는 이가 누구인지 알 것 같았 다.

*   *   *

전두치의 대부분 일을 대신해 장자방이라 불리는 구득표는 김철을 잡으러 간 조직원에게 지금 집 안으로 들어간다는 연 락을 받았다.

—지금 진입을 시작했답니다. 길어도 20분 안에 어떻게 되 었는지 연락이 올 겁니다.

그는 10분 내로 결판이 나고 바로 연락이 올 것이라 생각했 지만 넉넉잡고 20분이라고 말했다.

전두치는 변덕스럽고 잔혹한 성격에 기다리는 걸 병적으로 싫어해 만일 20분이 지나서 연락이 오지 않으면 난리가 나기 때문이었다.

"그럼 그동안 술이나 한잔하고 있을까?"

"안주는 어떤 것으로 하시겠습니까?"

"치즈에 간단히 먹지."

알겠다는 대답을 한 구득표는 부엌으로 가서 대기 중인 가정부에게 술상을 보라고 말했다.

"아주머니, 혹시 모르니까 차돌박이랑 소고기도 적당히 준비를 해주세요."

전두치는 우물가에서 숭늉을 찾는 사람이었기에 설령 안 먹게 되어 나중에 버리거나 다른 사람들이 먹는 한이 있더라도 미리 준비해 두는 게 좋았다.

가정부는 5년 가까이 이 집에서 일한 사람답게 행동과 손이 빨랐다.

구득표가 생각하기에 만일 이 집에 침입자가 발생하면 구해야 할 첫 번째가 전두치고 두 번째가 가정부라고 할 만큼 그녀는 전두치 비위를 맞추는 데 필수인 사람이었다.

순식간에 술과 치즈를 구비하고 거기에 저녁에 만들어뒀다며 전두치가 좋아하는 꼬치구이까지 살짝 다시 한 번 구워서 준비했다.

"역시 최고십니다."

"호호호! 많이 해봤으니까 회장님 나중에 주무시면 밖에 총각들이랑 한잔하면서 먹어요."

구득표는 고개를 끄덕인 후 소반을 들고 거실로 갔다. 한데 소반을 앞에 놓자마자 전두치가 자리에서 일어났다.

"뭔가 마음에 안 드는 것이라도……?"

"…아니, 잠깐 밖에 나가서 담배라도 한 대 피우고 와서 마시려고."

"아, 예……."

평소에 집 안에서만 피우던 사람이 밖에서 피운다는 게 이상하긴 했지만 누가 그를 말릴 수 있겠는가.

"자네는 앉아서 한잔하고 있게."

따라가려 하자 손을 들고 막았기에 구득표는 자리에 앉아 그가 나가는 걸 보고만 있었다.

"어디 출타하실 생각이십니까?"

현관문 뒤에서 감시를 하고 있던 조직원이 물었다.

복장을 보면 아니라는 건 알았지만 혹시 출타를 한다면 당장 시동을 걸고 차의 실내를 적절한 온도로 맞춰야 했기 때문이었다.

"담배나 피울 생각이니 난 신경 쓰지 말게."

"알겠습니다. 회장님 담배 태우신다니 신경 쓰지 말고 자리를 지키도록."

대답을 한 그는 귀에 있는 이어폰의 버튼을 누르며 작은 목소리로 중얼거렸다.

전두치는 담뱃불을 붙인 후 뒷짐을 진 채 마당 앞에 있는 정원을 구경했다.

간혹 꽃도 만지고 조경석을 쓰다듬는 등 평소와 다른 행동을 했지만 어느 누구도 신경을 쓰는 사람이 없었다.

그는 정원을 다 구경했는지 이번엔 대문까지 가는 계단을 운동하는 것처럼 오르락내리락했다.

'야밤에 운동하는 건가? 그럼 입에 문 담배나 끄고 할 것이지.'

대문을 지키는 조직원은 전두치가 계단을 내려오자 잔뜩 긴장하고 있다가 계속 오르락내리락하자 짜증이 났다. 그리고 몇 번 반복되자 이내 그가 하는 행동을 무시했다.

"쩝! 답답해. 더워서 그런가?"

이번엔 대문을 열고 밖을 보며 지나가는 차를 보다가 다시 문을 닫았다. 그리고 몇 번이고 반복했다.

'쌍! 그리 답답하면 입에 문 담배를 끄든가.'

경호를 한다고 문을 열고 닫을 때마다 후다닥 붙었다가 떨어졌다를 반복하던 조직원은 속으로 이를 부득부득 갈았다.

"에잉! 답답해."

전두치가 또다시 문을 열었다.

당연히 잠시 후 다시 닫을 거라고 생각하고 대문을 지키던 조직원은 따라붙지 않았다.

'어라? 이번엔 좀 늦네? 에이~ 지나가는 여대생 늘씬한 다리라도 봤나 보지.'

그는 누가 감히 두치파의 두목을 건들 것이며 만에 하나 시비가 붙게 되면 전두치가 자신을 부를 거라고 생각하고 뭉그적거렸다.

'…너무 늦으시는데.'

2, 3분 정도가 지났을 뿐이지만 전두치가 들어오지 않자 슬그머니 걱정이 되었다. 일이 있지 않은 이상 10미터 이상 떨어져도 화를 내는 이가 전두치 아니던가.

슬그머니 다가가 문밖을 보았다.

"어? …어, 없다."

밖으로 나가 주위를 아무리 둘러봐도 보이지 않았다. 결국 그는 이어폰의 통화 버튼을 누르며 말했다.

"회장님이 사라지셨습니다!"

전두치는 술상을 기다리다가 눈을 한 번 깜박였다.

"……!"

거실의 50인치 TV 대신 자신을 힐끔거리며 바라보는 사내가 비치는 백미러가 보였고, 까슬까슬한 모시 방석이 깔려 있던 소파 대신에 여름임에도 한겨울 방석이 깔린 차 시트에 앉아 있었다.

무엇보다 놀란 것은 수하들이 일을 끝내고 데리고 오면 보게 될 것이라고 생각했던 김철이 자신의 옆에 앉아 있다는 것이었다.

게다가 자신을 마치 죽일 듯이 바라보고 있었다.

"이, 이게 무슨 일이야! 너희들은 뭐고? 난 분명 거실 소파에서… 크윽!"

말을 하는데 복부에 해머로 때린 듯한 충격이 전해졌다. 숨도 제대로 못 쉴 정도의 충격에 앞 좌석 시트에 머리를 박고 헉헉거리고 있는데 김철이 살기를 풀풀 날리며 말했다.

"이 개새끼가 감히 허 실장을 건드려! 만일 그녀에게 손톱만큼이라도 상처가 생긴다면 넌 곱게 못 죽을 줄 알아."

겨우 복부의 고통이 가라앉으며 숨을 쉴 수 있게 되었지만 머리의 복잡함은 갈수록 심해졌다.

'비서라는 여자가 납치당했다는 걸 알게 된 건가? 한데 어떻게? 나도 집에 와서야 들었는데. 설령 누군가에게 납치되었다고 해도 나라고 확신할 이유가 없잖아?'

궁금한 것이 너무 많았다. 그래서 질문을 해볼까 했지만 그러기엔 김철의 얼굴이 너무 살벌했다.

'그나저나 이 빌어먹을 새끼들은 내가 이 지경이 되도록 뭘한 거야! …쫓아오고 있겠지?'

젊었을 때는 죽는 것에 대한 두려움이 없었다. 그러나 정점에 선 후부터, 가진 자에게 세상은 참 살기 좋은 곳이라 생각을 하게 되면서부터 죽음에 대한 두려움이 생기기 시작했다.

그는 한 조직의 두목답지 않게 김철의 눈치를 보며 사이드미러로 뒤를 확인했다.

제4장

악연의 끝

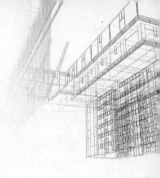

　나는 전두치가 대외적으로 조직의 돈을 말아먹고 도망가는 형세를 취하길 바랐다. 그래서 굳이 싸우지 않고 빙의를 해 데리고 나온 후 차에 태웠다.

　그에 대한 뒤처리는 상수파가 맡기로 했으니 여기까지가 내 일이었다.

　문제는 에너지가 잔뜩 남았다는 것.

　회수가 되지 않는 상황에서 혹시 그의 몸에서 에너지가 남아 이상 현상을 일으킬까 봐 억지로 그의 기억을 읽어 에너지를 소모했다.

　근데 전두치 이 망할 놈이 허진경을 납치하라고 지시한 것이다. 게다가 납치를 해 두치파의 주류 창고에 가둬두고 언제라도 이상한 영상을 찍을 준비까지 마친 상태라니 조급해질수밖에 없었다.

"뭘 야려봐?"

쫙!

옆에 앉아 흘낏흘낏 바라보는 전두치의 얼굴을 후려쳤다.

"무사하길 바라야 할 거다. 이 개만도 못한 새꺄! 내가 아주 뼈까지 잘근잘근 씹어 먹어버릴 테니까 그리 알아라, 웅! 그리고……"

별의별 욕을 다 하는데 운전을 하던 동생이 운전에 방해가되는지 조용히 말했다.

"…기절했습니다."

"…그냐? 허약한 새끼! 내가 협박을 하는데 감히 기절을해!"

난 기절한 전두치의 뺨을 다시 한 번 후려쳤다.

"…그렇게 치시면 절대 못 일어납니다."

"일어나라고 친 거 아니다. 목적지는 아직 멀었냐?"

"도착까지 20분 정도 남았습니다. 한데 납치되었다는 이가큰형님께 꽤 중요한 사람인가 봅니다. 형님답지 않게 많이 흥분하셨습니다."

"웅, 중요해. 내 일을 거의 모두 맡고 있는 사람이거든. 없으면 곤란해."

"꼭 그렇게만 보는 건 아니신 것 같습니다만."

"후후! 여자로 보냐고 묻는다면, 글쎄다? 내가 솔직히 지금 사랑 타령 하고 있을 때가 아니거든. 쩝! 좀 더 밟아야겠다."

"예! 꽉 잡으십시오."

동생은 곡예 운전을 하며 1분이라도 줄이려고 했고 덕분에 창고가 보이는 곳까지 15분 만에 도착할 수 있었다.

"저도 들어가겠습니다!"

"됐다. 내가 감당 못 할 정도면 너 하나 더 있다고 달라질 것 없다. 그 자식이나 잘 데리고 있어라. 혹시 여자에게 무슨 일이 생기면 내가 처리할 테니."

"그럼 이거라도 들고 가십시오. 연예인이 주먹에 상처 입으면 보기 안 좋습니다."

잘 벼른 사시미를 건네주는 그에게 가볍게 손을 들어주는 것으로 인사를 하고 바로 돌아서 창고로 뛰기 시작했다.

*   *   *

'여긴 어디지?'

새벽에 먹을 간식거리를 사러 우당에서 나와 편의점으로 가는 중 습격을 받고 정신을 잃었던 허진경은 웅성거리는 소리에 정신을 차렸다.

그녀는 깨어났음에도 꼼짝도 하지 않고 일단 사태부터 파악하려 노력했다.

팔이 뭔가로 묶여 있었고 입에 재갈이 물려 있었다.

눈에서 느껴지는 것이 없었기에 실눈을 살짝 떴다 감았다.

아주 짧은 순간이었지만 각종 술 박스들이 쌓여 있다는 것과 시공하기 좋은 조립식 철판으로 이루어진 낯선 창고라는 걸 알 수 있었다.

'납치된 게 확실해. 한데 누가 날……? 이사장님에게 사기를 쳤던 민종수 일당인가? 한데 그들이 왜? 사기를 친 것은 자신들이면서.'

납치되었으니 무슨 일을 당할지 상상하는 것만으로도 두려웠다. 그러나 그녀는 머리를 굴리면서 두려움을 극복하려 했다.

'이번 특허권 문제가 발생했을 때 이사장님은 오히려 기쁜 얼굴이었어. 복수?! 아! 이사장님이 팔라고 했던 주식! 만약 그 주식을 민종수 일행이 매수를 했다면? 어떻게? 난 분명 정 이사님이 소개해 주신……!'

머릿속에 흩어져 있던 일들이 하나둘씩 더해지며 진실에 가까운 그림을 만들어갔다.

'…이사장님이 금일봉을 준다고 내려간 후 정 이사님이 갑자기 외출을 하셨고 지금까지 출근을 하지 않고 있어.'

상상하기도 싫은 생각이 떠올랐다.

한데 부인을 하자니 전체 그림이 망가지고 인정하자니 너무 큰 배신감에 머리가 어지러울 지경이었다.

정무근 이사를 생각하다가 받은 충격 때문에 몸을 움직였을까? 킬킬거리던 사내 중 한 명이 소리쳤다.

"계집이 깼습니다."

"그럼 의자에 앉혀."

갑자기 거친 사내의 손이 느껴지면서 몸이 붕 떠올랐고 푹신한 소파에 앉혀졌다.

더 이상 눈을 감고 있을 필요가 없었던 그녀는 눈을 떴다.

가장 먼저 보이는 건 삼각대에 설치된 카메라였고 그 뒤로 열댓 명의 사내들이 커다란 선풍기 앞에 서서 그녀를 바라보고 있었다.

'더러운 새끼들!'

그들의 눈빛이 너무 정직해 잠시 후 무슨 일이 벌어질지 너무 빤히 보였다.

그런 그녀를 빤히 바라보던 사내 한 명이 재미있다는 듯이 말했다.

"이런! 이 아가씨 꽤 당차네? 보통 이런 경우 가장 먼저 두려워하다 나중엔 우는데 이 여잔 죽일 듯이 노려보는데?"

"큭큭큭! 조금 지나면 고분고분해질 겁니다."

"하하하! 생선과 여자는 팔딱거려야 맛있는 법이라고 했잖습니까."

사내의 한마디에 창고는 온통 웃음소리와 음담패설로 가득 찼다.

"새끼, 말하는 꼬락서니하곤. 여자 비하했다고 여성부에서 고소당하고 싶냐? 말이야 바른 말이지 남자가 먹는 거냐? 여자가 먹는 거지. 크하하하하!"

"큭큭큭! 형님 말이 맞습니다."

허진경은 오늘 이곳을 곱게 벗어나긴 힘들 것이라고 느꼈다. 그러나 그녀가 할 수 있는 일은 없었다.

단 한 가지, 만약 살아난다면 지구 끝까지라도 쫓아 지금 눈앞에 있는 놈들을 죽일 것이라는 생각뿐.

"야야! 인상 좀 풀어라. 네 상사가 우리 보스의 말을 잘 들으면 아무 일 없이 풀려나갈 수 있으니까."

'설마, 이사장님을!'

"김철이라는 놈 잡으러 40명이 넘게 갔으니 곧 너와 같은 신세가 되겠지. 아니, 벌써 되었으려나?"

"……!"

"어라, 저 여자 눈빛이 바뀌는데? 오호! 연인 관계인 거냐? 하긴 비서라고 했으니 사무실에서 많이 했겠네. 씨발! 누구한텐 가랑이 벌려주고 누구한테 쌍심지나 켜고. 참 엿 같은 세상이야."

사내는 말을 하다 열이 받았는지 허진경에게 다가갔다. 그리고 손으로 그녀의 얼굴을 만지며 말을 이었다.

"근데 말이야, 그리 잘난 녀석이 널 위해서는 얼마나 내놓을 수 있을까? 수억? 수십억?"

사내의 손은 목선을 따라 내려가다가 가슴에서 상당히 머물다가 다시 아래로 내려갔다.

허진경은 눈을 질끈 감았다. 아무리 짐승에게 물리는 것뿐이라고 되뇌고 있었지만 견디기 어려웠다. 그러나 눈을 감아도 벌레가 기어가는 것 같은 손길과 욕정에 가득한 목소리는 어떻게 할 수가 없었다.

'이런 더러운 놈을 위해 지켜온 순결이 아니었는데…… 이 사장님.'

허진경의 눈꼬리에 눈물이 살짝 맺혔다.

"내가 생각하기엔 그놈은 널 위해 단 한 푼도……"

"수천억이라도 줄 수 있어."

"크하하하! 봐. 다른 사람들도 너 같은 것을 위해 수천억을…… 하아~ 어느 씨발넘이 개념 없는 말을 하고 지랄이야!"

"나다! 나쁜 손이 어떻게 되는지 보여줄게."

갑자기 들려오는 김철의 목소리에 허진경은 눈을 떴다.

"눈 감아."

사내와 자신 사이로 김철이 끼어들었다. 그리고 부드러운 목소리로 눈을 감으라고 말했다.

눈을 감으라는 이유를 알 것 같았지만 눈을 감지 않았다.

김철은 사내의 손을 잡더니 그대로 머리 뒤로 넘기며 돌려

버렸다.

부드득!

뼈가 부러지고 근육이 파열되는 소리와 함께 방금 전까지 욕정에 번들거리던 사내의 입에서 비명이 터져 나왔다.

"아아악! 아악! 악악악!"

그러나 그게 끝이 아니었다. 자신이 한 말을 지키겠다는 듯 보기에도 섬뜩한 칼로 팔목을 자를 듯이 몇 번이고 베었다.

상황을 파악한 나머지 조직원들이 덤벼들어서 자르는 것을 멈춰야 했지만 손이 마치 걸레처럼 너덜거리고 있었다.

끔찍한 장면이었지만 허진경은 재갈이 없었다면 놈에게 침이라도 뱉었을 것이다.

눈으로 침을 뱉고 시선을 김철에게 옮겼다.

'아아! 강한 줄은 알았는데⋯⋯.'

몰래 그를 지켜볼 때 김철이 싸우는 걸 많이 봤었다. 한데 그땐 오늘에 비하면 그저 장난에 불과했다.

마치 영화나 드라마에 나오는 장면처럼 그가 팔을 한 번씩 휘두를 때마다 한 명씩 쓰러졌다.

퍼억!

"⋯꺼어어어억."

앞으로 뻗은 발이 다리 사이에 적중하자 마지막까지 남아 있던 놈은 이상한 비명 소리와 함께 바닥에 얼굴을 박았다.

"허억! 헉!"

숨을 잠깐 고른 후 허진경에게 다가갔다.

눈을 감으라고 했는데 감기는커녕 눈도 깜박이지 않고 쳐다보고 있었다.

"괜찮아?"

어떤 말을 해야 할지 고민하다가 가장 무난하게 물었다. 그리고 그녀의 재갈과 손을 묶은 테이프를 잘라주었다.

허진경은 아무 말 없이 물끄러미 나를 바라보았다. 그리고 그녀의 눈에서 눈물이 흘러내렸다.

그 모습에 심장이 털컥 내려앉는 기분이었다.

"호, 혹시? 괘, 괜찮아! 네 잘못이 아니잖아. 지금은 아무 생각 말고……!"

머릿속에 텅 비어 어떻게 위로해야 할지 몰랐다. 그래서 안절부절못하고 있는데 갑자기 그녀가 안겨왔다.

순간 움찔하긴 했지만 곧 그녀의 등을 토닥이며 괜찮다는 말을 반복했다.

'내가 독하다고 원망 마라!'

허진경을 위로하면서 지금과 같은 상황을 만든 전두치를 어떻게 죽여야 허진경의 마음이 조금이나마 풀릴지 생각했다.

"…괜찮아요. 아무 일도 없었어요."

한참을 울던 허진경이 좀 괜찮아졌는지 귀에 대고 속삭였다.

"에이~ 뭐야! 심장 떨어지는 줄 알았잖아! 피 묻어, 이만 떨어져."

"잠깐만, 잠깐만 있어줘요."

"…그럼, 잠깐만이다."

많이 놀랐을 테니 잠깐 정도는 안심시켜 주는 게 좋을 것 같았기에 잠깐 더 안아, 아니, 안겨주었다.

허진경은 다시 귓속말로 속삭였다.

"소원 지금 말할래요. 들어줄 거죠?"

"이런 곳에서? 말해."

"저랑 하룻밤만 자요."

"…응?"

난 내 귀를 의심했다.

자달라니 이게 웬 갑작스런 전개란 말인가? 그냥 침대 옆에서 자는 걸 지켜봐 달라는 얘기는 분명 아닌 것 같았다.

"저… 아직까지 남자 경험이 없어요."

확실해졌다. 허진경은 수십억짜리 아파트를 달라고 해도 단번에 줄 수 있는 소원으로 고작 섹스를 해달라고 말하고 있었다.

게다가 숫처녀라니…….

만일 클럽에 놀러 가서 누군가가 이런 얘기를 했다면 온갖 신에게 감사를 표한 후 호텔로 갔을 것이다.

난 한발 물러나며 말했다.

"하… 하……. 이번 소원은 못 들은 걸로 할게."

"불가항력적인 걸 제외하곤 다 들어준다고 했잖아요! 지금까지 이사장님이 숙박 시설로 여자를 데리고 간 것만 수십 번을 봤어요. 한데 그리 허리를 잘 놀리시는 분이 왜 안 된다는 거죠?"

논리적이긴 한데 폐부를 찌르는 디스(Disrespect)가 느껴지는 건 착각일까.

"아무리 그래도 천연기념물은… 아니! 아니! 그것 때문에 그런 게 아냐. 아무튼 난 현재의 우리 관계가 좋아. 절대로 깨뜨리고 싶지 않아."

"잔다고 깨어질 관계라면 어떻게 하든 깨지게 되어 있어요. 그리고 천연… 경험이 없는 게 싫다면 어디서라든 하룻밤 보내고 올게요."

평소엔 '척' 하면 '착' 하고 알아듣더니 지금은 모르쇠로 일관하고 있었다.

"내 말은 그게 아니잖아. 아무튼 일단 여긴 좀 벗어나자. 무슨 변태들도 아니고 이런 핏빛 분위기에서 핑크빛 얘기를 하는 건 이상하잖아."

"니가 한 거잖아!"

"니, 니가?"

"여긴 사적인 자리거든!"

공적으로 구하러 왔으니 공적인 자리가 아니냐고 반론을

할까 싶었지만 지금은 그저 꼬리를 내리고 이 순간을 모면하는 게 나을 것 같았다.

"험! 허진경 씨, 아무리 그래도 갑자기 말을 까는 건 아니지 않습니까? 뭐, 사적인 자리이니 이해하기로 하고 이제 그만 가시죠?"

"소원 들어주기 전까지 공적인 업무는 절대 안 할 테니 그리 알아!"

"네네, 그렇게 하시고 제가 경찰에 끌려가는 걸 보고 싶지 않다면 이제 제발 가시죠."

난 그녀를 출입구 쪽으로 슬슬 밀었고 그녀도 더 이상 머물긴 싫었는지 걷기 시작했다. 그러다 뭔가 생각났는지 다시 소파 있는 곳으로 힘차게 걸어갔다.

그리고 허진경은 그녀의 몸을 쓰다듬었던 놈의 두 다리 사이를 마구 밟기 시작했다.

"사무실에서 하는 거 네가 봤어? 봤냐고! 가랑이 벌린다고? 그래, 너도 마침 가랑이를 벌리고 있으니 원하는 대로 실컷 넣어줄게."

"……!"

조금 전에는 귀를 의심했지만 이번엔 내 눈을 의심했다.

허진경은 하이힐 뒤로 놈의 엉덩이를 마구 밟고 있었는데 8센티미터 정도 되는 굽이 사라졌다 나타났다를 반복하고 있었다.

*   *   *

긴 하룻밤이 지났다.

집에는 들어갈 수 없었기에 호텔에서 자고 일어나 9시쯤 회사로 전화를 걸었다.

―허 실장님 오늘 몸이 아파서 못 나온다고 연락이 왔었습니다.

어젯밤 씩씩하다 못해 공포스러운 모습을 보여준 허진경은 실제로는 큰 충격을 받은 모양이었다.

납치를 당해 흉한 꼴을 당할 뻔했는데 왜 그렇지 않겠는가.

물론 병문안은 생각도 안 하고 있었다.

집에 들어갈 때까지 왜 자신과 자지 않느냐며 계속 따져 물어오는 통에 꽤 곤혹스러웠었다. 지금은 서로 얼굴을 봐야 좋을 것이 없었다.

'쪽팔려서 못 나오는 것일 수도 있으니까.'

전화를 끊고 호텔 커피숍으로 내려갔다.

입구 바로 앞에 앉아 있던 40대 후반쯤 되어 보이는 중년 남자가 손을 들며 자리에서 일어났다.

"김 변호사님이 보내셨습니다. 은상혁입니다."

"반갑습니다, 은 변호사님. 약속보다 일찍 오셨군요?"

"그러는 김철 씨도 일찍 오셨잖습니까? 참! 김 변호사님이 전하라는 말이 있습니다. 말썽 좀 고만 피우라고 하셨습니다."

"하하! 말썽 정도로 봐주시는 것만으로도 감사하네요. 최선을 다해 그렇게 하겠노라고 해주십시오."

"허허허! 그리 전하겠습니다. 앉아서 이번 사건에 대해 얘기할까요?"

내 집에서 스무 명이 넘는 조직폭력배들이 경찰에 끌려갔으니 문제가 생길 수밖에 없었다.

"신선제약 특허권 문제로 인해 회사 주식을 가진 이들 중 몇몇이 불만을 터뜨리고 있다는 얘기를 우연히 듣게 되었습니다. 그래서 알아봤더니 하필이면 불만을 가진 자 중에 한 명이 강남을 휘어잡고 있는 두치파의 보스더군요."

어젯밤 정리해 놓은 얘기를 풀어냈다.

요점은 간단했다.

난 스스로를 보호하기 위해 경호원을 고용했고 피고용인들은 자신들의 일을 했다는 것이 다였다.

"무슨 말을 하는지 알겠습니다. 경찰에 알아보니 김철 씨를 부른 건 사실 여부를 알아보기 위함이라고 하더군요. 그러니 크게 걱정할 것은 없을 것 같습니다."

"다행이군요. 제 경호원들은 어떻게 되는 겁니까? 그들이 고용주인 날 지키기 위해 한 일로 벌을 받기를 원하진 않습니다."

내가 큰아버지께 전화를 해서 형사사건에 유능한 변호사를 붙여달라고 부탁한 이유는 이 때문이었다.

"음, 그건 한번 알아봐야겠군요."

"전 절 위해 일하는 사람을 위해 돈을 아끼는 편이 아닙니다. 물론 성의를 표하는 데도 박하지 않고요."

이번 일로 얻은 것은 복수의 완성만이 아니었다. 꽤 많은 공돈을 얻게 되었으니 아낄 이유가 없었다.

"김 변호사님이 이번 기회에 부족한 실적을 메우라고 하셔서 무슨 말인가 했는데 지금 알겠군요. 사실 기업 관련 사건이 아닌 형사사건은 돈이 별로 되지 않거든요. 사양하지 않겠습니다."

잠시 더 얘기하다가 경찰서로 향했다.

유명한 로펌의 변호사를 대동해서인지 내가 한 것은 간단한 진술뿐이었다. 그리고 진술이 끝나자 가도 좋다고 했다.

"잠깐 제 직원들을 만날 수 있겠습니까?"

"이쪽으로 오십시오."

형사는 유치장으로 우릴 안내했다.

좁지 않은 유치장이 가득 차 있었는데 그중 한 방 전체가 상수파였다.

스무 명 중 얼굴을 아는 이는 한 명밖에 없었다.

천안의 동생 중 한 명으로 이번 일을 책임지기로 한 모양이었다.

"고생이 많… 습니다."

"저희가 할 일이었습니다, 사장님."

"덕분에 무사할 수 있었습니다. 아무튼 과하게 방어한 것이 조금 문제이긴 하지만 잘 해결될 것 같습니다. 그러니 조금만 기다리면 될 것 같습니다."

"너무 신경 쓰지 마십시오."

입으로는 형식적인 대화를 나누면서 눈으로 고생했다는 말을 전했다.

"혹 필요한 거 있음 여기 계신 은 변호사님과 얘기를 나누면 될 겁니다. 그럼 조만간 밖에서 뵙죠."

"들어가십시오."

유치장을 나와 경찰서 밖으로 나왔다.

"수고 좀 해주십시오. 필요하신 거 있으시면 언제든 연락 주십시오."

"걱정 마십시오. 경찰도 긍정적이라 검찰로 넘어가는 건 서너 명이면 될 테고 그들도 불기소처분이 날 겁니다. 제가 여기 좀 더 머물며 알아보는 대로 연락드리겠습니다."

은상혁 변호사와 헤어진 난 호텔로 돌아갔다.

점심을 먹고 방으로 돌아와 창밖을 보며 앞으로 일을 생각하고 있는데 노크 소리가 들렸다.

양상수와 오명진이었다.

"어서 와라. 명진인 오랜만이다."

"여자랑 온 척하고 이렇게 몰래 형님 방으로 오는 거 나름 스릴 있네요."

"예, 큰형님. 쳇! 누군 여자랑 오고 누군 남자랑 오고. 직원들 얼굴을 봤어야 합니다. 예쁘장하게 생긴 놈들도 아니고 우락부락한 남자 둘이 들어왔으니."

"누가 나보다 밑에 있으래?"

"하하! 여전들 하구나. 앉아라."

난 두 사람이 앉기를 기다렸다가 물었다.

"두치는?"

"털어봤는데 별로 없더라고요. 고문하는 것도 별로 마음에 안 들고요. 그래서 그냥 고이 보내줬습니다."

"잘했다. 여기 두치가 가진 것 중 먹어도 탈 안 날 것들로 정리해 놨으니까 알아서 처분해 가져라."

"와! 이런 걸 어떻게 알아내셨습니까? 저희에게 보내기 전에 형님이 고문하셨습니까? 그런 흔적은 없던데."

"우연히 알게 됐다."

전두치의 기억을 읽었을 때 알아낸 것으로 그가 조직과 가족도 모르게 숨겨둔 돈과 부동산이었다.

"그리고 민서준에게 얼마나 빌려줬었지?"

"120억쯤 됩니다."

"당장 회수해."

"후후! 이번 역은 악덕 사채업자입니까? 어디까지 할까요?

사실 그 영감 건물도 다 은행에 담보를 잡아둔 상태라 속옷까지 탈탈 털어야 할 겁니다."

"집 한 칸 정도에 1억쯤 남겨줘."

'평생 불구인 아들을 돌봐야 할 테니까.'

뒷말은 삼켰다.

내가 반신 불구가 되었을 때 민서준이 위로금이라고 건넨 돈이 치료비조차 되지 않은 1억이었다.

그래서 치료비와 당신이 죽은 후 내가 최소한 먹고살 수 있도록 하기 위해 아버지는 돌아가실 때까지 날 위해 헌신하셨다.

물론 이미 사라진 과거의 얘기. 그래서 치료비 정도는 내줄 생각이었다.

"민종수는 어디에 있지?"

"하남 검단산 근처 폐창고에 넣어뒀습니다."

지금까지 참아온 것만으로 충분했다. 바로 민종수가 있는 곳으로 향했다.

폐창고 앞엔 천안 동생 두 명이 지키고 있었다.

"오셨습니까, 큰형님."

"놈은?"

"안에 있습니다."

"고생들 했다. 다음에 술 한잔하자. 가서 쉬어라."

두 명이 떠나는 걸 보고 문을 열고 안으로 들어갔다.

가장 먼저 오래된 건물에서 나는 텁텁한 먼지 냄새와 지린 내가 합쳐진 묘한 냄새가 코를 찔렀다.

웃기게도 지저분하고 습한 오줌 냄새가 반신 불구일 때와 전신 불구일 때를 떠올리게 했다. 스스로 마려운지 쌌는지조차 모르니 항상 기저귀를 차고 다녔는데 여름이면 지금과 같은 냄새가 났었다.

혹시나 타인에게, 신유리에게 그 냄새가 날까 밖에 나갈 때면 언제나 조마조마했었다.

"큭큭! 하하! 이 냄새가 이렇게 기분을 좋게 할 줄은 정말 몰랐네."

씁쓸한 과거의 추억이 인생이 바뀌면서 다른 기억에 밀려 구석에 웅크리고 있던 분노를 깨웠다.

"철이? 철이 맞지! 처, 철아! 내가 잘못했다. 정신이 잠깐 나갔던 게 틀림없어! 한 번만 용서해 주라, 응?"

혼잣말에 나라는 걸 알았는지 손발이 묶이고 눈이 가려진 채 누워 있던 민종수가 고개를 들며 말했다.

"날 죽이려던 널 용서하라고?"

"죽이려던 게 아니었어. 그저… 돈이 조금 필요했어. 너무 급해서 내가 하지 말아야 할 짓까지 하고 말았지만 결코 널 해하려 했던 건 아냐."

"해하려는 게 아니라 죽이려 했었지. 설마 네가 상수파에 날 죽이고 바다에 버리라고 한 말도 잊은 거냐?"

"그건……."

머리를 굴리는 모습에 비웃어주곤 그의 안대와 손발을 풀어주었다.

하룻밤을 묶여 있어서 손발이 저린지 풀어줬음에도 쉽사리 움직이지 못했다. 그는 꾸역꾸역 일어나 벽에 기대더니 말했다.

"고, 고맙다."

"착각 마. 움직이지 않는 놈을 죽이는 건 내 취향이 아니니까."

"니가 시키는 건 뭐든 할게. 그러니 옛정을 생각해서 살려만 줘라! 이렇게 빌게. 제발!"

그는 무릎을 꿇고 기어와 내 바짓단을 붙잡곤 내 발에 입맞춤을 할 듯 고개를 숙였다.

픽!

"닥쳐! 난 날 죽이려던 놈을 용서할 만큼 마음이 넓지 못해."

난 그의 옆구리를 걷어차 떨어지게 만들었다. 그러나 그는 떨어지기가 무섭게 다시 달라붙었다.

"아악! 처, 철아! 제발! 내가 그런 게 아냐. 우리 아버지가 시킨 거야. 그래서 어쩔 수 없이 한 거야. 우리 아버지한테 물어봐."

자신이 살고자 아버지를 죽을지도 모르는 상황으로 만드는 모습에 역겨웠다.

"더러운 새끼!"

"윽! 요, 욕해도 좋아! 아니 욕해! 마음껏 때려! 그래서 네 화가 조금이라도 풀린다면 그렇게 해."

"이……!"

민종수는 사람 기분을 더럽게 만드는 데 타고난 능력이 있었다.

본래 내가 당한 것만큼은 아니더라도 마음이 풀릴 때까지 실컷 때려주고 욕해주고 싶었다. 그리고 기분이 풀리면 그때 하반신 불구로 만들려 했었다.

한데 걸어찰수록 내 기분이 더러워졌다.

'내가 좋은 놈은 아니지만 너 같은 놈처럼 되긴 죽어도 싫다!'

물론 복수를 포기할 생각까진 없었다.

마침 웅크리고 있어서 그의 척추가 눈에 잘 들어왔다. 주먹으로 내려치면 최소한 하반신 불구, 최대한 전신 불구가 될 것이다.

단전의 힘을 풀고 주먹을 꽉 쥐었다.

'민종수! 이걸로 우리의 악연을 끝내…….'

"철아! 그러지 마!"

갑자기 들려온 신유리의 목소리에 내려치던 주먹을 멈췄다.

"…네가 여긴 어떻게?"

"미안. 그날 밤, 네 스마트폰에 추적 어플을 설치했어. 종수의 스마트폰에도 마찬가지고."

"도대체 무슨 생각으로……. 아무튼 그 얘긴 조금 이따 하기로 하고 지금은 나가 있어."

"제발……."

당장 울 것 같은 표정으로 고개를 흔들며 말하는 모습을 보니 조금 전보다 기분이 더 더러워지는 듯했다.

상황은 완전히 달랐지만 마치 내 정신이 병들었다고 말하던 때와 비슷했다.

"이 자식이 날 죽이려 했어. 그냥 보내주면 언제고 똑같은 짓을 하려 들 거야! 그러니 용서 못 해!"

버럭 소리를 친 후 주먹을 치켜들었다.

갑작스런 신유리의 등장에 어리둥절해 있던 민종수는 내가 주먹을 들어 올리자 놀라 도망가려 했다.

그의 목덜미를 잡아 찍어 눌렀다. 그리고 그의 척추를 향해 주먹을 내리꽂으려 했다.

"그게 아니잖아! 네가 당했던 그대로 돌려주려는 거잖아! 반신 불구로 만들어 네가 겪었던 고통을 종수도 겪게 만들려는 거잖아!"

"……!"

신유리의 외침에 세상이 그대로 멈춘 듯 내 동작이 멈췄다. 민종수가 느슨해진 내 손에서 빠져나는 것도 간과할 만큼 충격이 컸다.

"…네가 그걸 어떻게?"

"나도 몰라. 그냥 어느 날 갑자기 알게 됐어. 처음엔 너에 대해 많이 생각해서 꾼 꿈이라고 생각했어. 하지만 네가 예능에 나갈 때 나에게 해줬던 말들, 너와 함께 갔던 장소들. 그리고 정신까지 병들지 마라고 내가 했던 말……. 그때 알았어. 꿈도, 내 상상도 아니라는 걸."

방찬희와 같은 자가 나타날지도 모른다는 생각은 했지만 그게 신유리일 줄은 몰랐다.

"착각이야! 우연히 그렇게 된 것뿐이야. 그리고 난 하반신 불구가 민종수 때문이라고 말한 적 없어. 그저 좋은 녀석이 아니라고……!"

머리가 복잡했다. 일단 부정하자는 생각에 말을 하다 보니 쓸데없는 얘기까지 해버렸다.

"…너도 역시 알고 있었구나."

이 망할 입을 꿰매 버리든가 해야 할 것 같았다.

짜증이 났다.

계속해서 이런 엿 같은 상황이 벌어지는 것도, 민종수의 척추를 부숴 버리지 못하게 방해하는 신유리도.

그래서 멋대로 되라는 심정으로 소리쳤다.

"그래, 알고 있어! 그렇다고 달라질 것이 있어? 전생인지 뭔지 두 번의 인생이 저 새끼 때문에 지옥 같았어. 이유가 뭔지 알아? 단지 자신이 좋아하는 여자가 날 좋아한다는 이유만으로 반신 불구로 만들었어. 다음은 전신 불구였고. 20년을 그렇게 살아왔어! 한데 내가 용서해야 한다고 생각해?"

"…그래서 두 번째 꿈에서 네가 없었구나? 흑! 미안해. 하지만 철아, 잘 생각해 봐. 꿈인지 전생인지 모르지만 그건 지금과는 아무런 상관이 없어."

"상관있어! 내가 겪었던 모든 것이 아직도 머릿속에 있는데 그게 어떻게 없는 일이 되는 거지?"

"……."

내 분노가 전해졌을까.

신유리는 더 이상 입을 열지 못하고 그날 밤과 같은 표정을 지은 채 울 뿐이었다.

후다닥! 쾅!

신유리와 얘기하느라 잠깐 민종수에게 눈을 뗀 사이 그는 어느새 문까지 다가갔고 나와 눈이 마주치자 문을 닫으며 도망가기 시작했다.

"으득! 네까짓 게 뛰어봐야 벼룩이지!"

신유리를 지나쳐 문을 열고 민종수를 찾았다.

'저기 있군!'

위험에서 벗어나기 위해 초인적인 힘을 발휘하는 것인지 맨발이었음에도 어느새 제법 떨어져 있었다.

그가 뛰는 방향은 도로 쪽이었는데 차를 잡아타고 갈 모양이었다.

'서둘러야겠어.'

아직 도로까진 거리가 있었기에 지금 뛰어간다면 잡을 수 있을 것 같았다. 그러나 방해꾼을 잠시 잊고 있었다.

막 뛰려는 찰나, 신유리가 허리를 꽉 감쌌다.

"그냥 놔줘, 철아."

"놔!"

"못 놔! 과거를 되풀이하지 마. 제발!"

있는 힘껏 붙잡고 있었지만 뿌리칠 수는 있었다. 그러나 오래된 콘크리트 바닥이라 다칠 가능성이 높았고 앞으로 나가려는 내 힘을 이기지 못해 바닥에 질질 끌려 무릎과 다리에 피가 나고 있었다.

그러는 사이 민종수는 어느새 도로에 가까워지고 있었다. 이제 뛰어간다고 해도 잡을 수 없을 만큼 거리가 벌어진 것이다.

걸음을 멈췄다.

"…이제 놔도 돼. 늦었어."

"용서… 해 주는 거야?"

"용서는 못 해. 하지만 두 번 다시 내 앞에 나타나지 않으면 손대지 않을게."

신유리는 말을 하면서도 의심스러운지 허리를 감싼 손을 놓아주지 않았다.

"저길 봐. 곧 도로야. 내가 히어로와 같은 능력이 없는 한 이젠 잡으려 해도 못 잡아. 그러니 이제 그만 놔줘도 돼."

부드러운 목소리로 말하며 손을 가볍게 토닥이자 그제야 손을 풀었다.

"에휴~ 도대체 미련하게 이게 무슨 짓이야? 일어나 가까운 동네 병원이라도 가자."

"괘, 괜찮아. 그리고 고마워, 철아. 내 말 들어줘서."

그녀는 순간적으로 많은 힘을 써서 제대로 서지도 못했다. 그러면서도 자신의 말을 들어준 것이 고마운지 울어서 얼룩덜룩해진 얼굴로 방긋 미소까지 지어 보였다.

"잔말 말고 업혀. 아님 다시 쫓아갈 테니까."

"괜찮은데……."

난 민종수가 있는 곳을 바라보며 신유리에게 등을 내줬다.

'고마워하지 마. 그대로 보내줄 생각은 없으니까.'

목욕탕에서 물고문을 당해 허우적거리던 때를 어떻게 잊겠는가.

그녀가 업히는 사이 민종수는 도로의 가드레일을 넘어 차를 잡으려 하고 있었다.

그의 몰골을 보고 차들이 서지 않자 그는 멀찍이 오는 차를 보고 도로 가운데서 팔을 벌린 채 섰다. 저런 식이면 차는 분명 멈출 것이고 그는 그 차를 타고 도망을 갈 것이다.

세 개의 구를 만들었다.

하나는 신유리에게, 다른 하나는 민종수에게, 마지막 하나는 운전을 하는 운전사에게 보냈다.

차는 멈추지 않았고 민종수는 피하지 않았다.

마지막 순간에 운전자와 민종수의 기억을 읽으며 구를 소멸시켰다.

끼이이이이이익! 쿵!

멈추거나 피하기엔 너무 짧은 거리였다.

민종수가 훌훌 날아 바닥에 여러 차례 뒹구는 모습을 지켜보고 있던 난 뒤돌아섰다.

이렇게 복수는 끝이 났다.

*   *   *

7월이 되고 국민희망재단—마망의 최종 이름—이 업무를 시작한 지도 10일이 지났다.

아직까지 홍보가 크게 되지 않아 바쁘다는 얘기는 없었지만 벌써 최종 심사에 오른 사람이 있을 정도로 시스템은 잘 움직이고 있었다.

"오늘은 왜?"

'본부장 허진경'이라는 명패 뒤에서 서류를 살피고 있던 허진경은 내가 들어가자 한번 흘낏 쳐다보면서 물었다.

"이야~ 정말 끝까지 반말을 하는 거야? 이제 적당히 화를 풀 때도 되지 않았나?"

"흥! 마음에 들지 않으면 자르든가."

하룻밤 보내자는 소원을 들어주기까지 계속 반말을 한다더니 그 약속을 철저히 지키는 그녀였다.

게다가 내가 뭐라고 한마디 하면 자신을 자르라고 말을 하니 설득 자체가 불가능했다.

"험! 바쁜가 보네. 커피는 안 주나?"

난 한발 물러났다.

지금으로선 그녀를 대체할 사람이 없었다. 그러니 그녀를 자르기는커녕 그녀가 그만둔다고 하면 몸을 던져서라도 필사적으로 막아야 하는 상황이었다.

정말 다행이고 고마운 건 그녀가 나의 아킬레스건인 '그만두는 것'으로 다른 협박은 하지 않는다는 것이었다.

"일하는 거 안 보여? 먹고 싶으면 탕비실에 가서 직접 타 먹지? 이왕 타는 김에 내 것도 한 잔 타고."

"쩝! 상전이 따로 없네."

난 입맛을 다시며 일어났다.

"싫으면……."

"못 잘라. 아니, 안 잘라. 허 본부장이 없었다면 국민희망재단은 절대 만들지 않았을 거야."

진심이었다. 재단 이사장도 허진경을 앉힐 생각이었는데 재단 창립식 때 제안했다가 거절당했다.

"입바른 소리도 그만해. 고작 간단한 것도 들어주지 않으면서……."

"에이~ 나한테 간단한 것이 아니라니까. 자, 커피."

믹스 커피에 정수기 물을 부어 허진경에게 건넨 후 말을 이었다.

"내가 최정연이랑 헤어지면 그땐 생각해 볼게. 그러니 적당히 하자."

"쳇! 어울리지 않게 순정남 코스프레는……. 얼른 할 말 하고 가. 사람 마음 심란하게 하지 말고."

아직까진 얼굴 보고 있기가 힘든 모양이었다. 얼른 커피를 마시고 서류 한 장을 건넸다.

"뭐야?"

"도로에 갑자기 끼어든 미친놈 때문에 약간 곤란해진 사람. 돈은 내가 낼 테니까 재단에서 돕는 걸로 해줘."

"혹시 이 사람이 친 사람이 민종수?"

"응. 근데 어떻게 알았어?"

"이번 사건에 대해 좀 알아봤지. 교통사고로 하반신 불구가 되었다며? 이런 거 보면 천벌이 있긴 한가 봐?"

민종수는 교통사고로 내가 바라던 대로 하반신 불구가 되어버렸다.

"도와야 마땅한 사람이지만 재단의 요건에 충족되지 않는 사람이야. 이제 시작하는 재단에 이런 선례를 남기는 건 별로 좋은 것 같지 않아."

"그럼 어쩔 수 없지. 다른 방법을 알아봐야 하나?"

"하여간 손이 너무 간다니까. 내가 다른 방법으로 도울게. 됐지?"

"역시! 허 본부장뿐이야!"

"일할 때는 나고 잘 때는 최정연이지? 꼴 보기 싫으니까 이만 가!"

허진경의 축객령에 후다닥 나와야 했다.

그냥 하룻밤 보내고 편하게 지내는 것도 생각해 봤다. 그러나 그러면 내가 불편할 것 같아 그만두었다.

"쩝! 생각보다 빨리 쫓겨났네."

류성은이 한국으로 돌아오는 날이라 그녀의 집에서 최정연과 만나기로 했는데 시간이 어정쩡했다.

커피숍으로 갈까 하다 류성은에게 전화를 걸었다.

"어디?"

―집.

"그럼 지금 가도 돼? 한 30분쯤 걸릴 것 같은데."

―…와. 대신 몇 가지만 사다 줘.

"뭔데?"

류성은은 이름도 생소한 소스와 채소들을 요구했고 그것들을 사기 위해 몇 군데 마트를 들르고 나니 원래 만나기로 한 시간과 별 차이 없이 도착했다.

집안에 들어서자마자 음식 냄새가 확 풍겼다.

"요즘 취미로 요리라도 하냐?"

이미 꽤 많은 요리를 해놨는데 여전히 부엌에서 뭔가를 만들고 있었다.

"잠깐이면 끝나니까 거실에 앉아 있어."

"사 온 건?"

"냉장고 옆에 둬."

짐을 냉장고 옆에 두고 난 식탁에 앉았다. 예전에 최정연이 저녁을 차려준 것과 비슷했지만 살짝 맛보니 맛은 아마추어와 프로의 차이였다.

"맛있다! 요리는 언제 배웠어?"

"머리가 복잡해서 뭐든 집중해야 했거든."

"…어떤 점이 머리를 복잡하게 했는데? 철없는 오빠들 때문에?"

왠지 알 것 같았지만 모른 척 물었다.

"그런 게 있어. 손으로 먹지 말고 젓가락으로 먹어."

"먹어도 돼? 정연이 기다려야 하는 거 아냐?"

"부족하면 또 만들면 돼. 그리고 걔가 언제 제시간에 오는 거 봤어?"

"응, 차가 막혀서 1시간쯤 늦는대."

"어째 갠 갈수록 바빠지는 것 같아?"

"그건… 우리 연극이 끝나고 너랑 사귀면 그땐 잠정 은퇴하고 놀러 다니겠대.

"훗! 성격도 급하네. 그럼 천천히 맛만 보고 있을까?"

"술 줘?"

"이왕이면 시원한 걸로."

"그럼 이 와인에 먹어봐. 싼 건데 차갑게 먹으니까 웬만한 와인보다 낫더라."

류성은의 말처럼 약간 달면서도 살짝 끝 맛이 텁텁한 것이 딱 좋았다.

음식을 하고 있는 그녀의 뒷모습을 물끄러미 바라보며 생각에 빠졌다.

지난번 미래에 갔다 온 후부터 벌써 몇 달간 고민하고 있는 문제인데 여전히 결정, 아니, 실행을 하지 못하고 있었다.

답은 정해져 있었다. 그리고 결국 이기적인 선택을 하게 될 것이라는 것 역시.

"성은아, 부탁 하나만 해도 돼?"

"말해. 들어보고 합당하다 생각되면 들어줄게."

"신지영 씨 한번 만나주라."

고모는 한국에 머물며 간혹 나에게 전화를 걸어 류성은에 대해 묻곤 했는데 끝인사는 꼭 한 번만 만나게 해달라는 것이었다.

칼로 도마를 치는 소리가 멈췄다. 그러다 다시 시작되며 입을 열었다.

"…싫어."

"많이 보고 싶어 하셔."

"난 전혀 보고 싶지 않아."

"네 맘을 이해한다고는 못 해. 그러나 혹 버림받았다고 생각한다면 그건 착각이라고 말해주고 싶다."

류성은은 더 이상 칼질을 하지 못하고 싱크대에 두 손을 올린 채 파르르 떨고 있었다.

"앉아서 잠시만 들어줘. 그러고도 싫다면 두 번 다시 신지영 씨에 대해 말하지 않을게."

빨리 듣고 끝내길 바랐는지 류성은은 고개를 숙인 채 다가와 앉았다.

"…내가 어떤 착각을 하고 있다는 건지 똑바로 얘기해 줬으면 좋겠어."

제대로 설명을 못 하면 앞에 있는 음식이 무기가 되어 날아올 듯한 분위기였다.

이왕 꺼낸 얘기 물러설 순 없었다.

"신지영 씨… 난 고모라 부르니 고모라고 할게. 아무튼 고모는 널 키우기 싫어 류 회장님께 떠맡긴 게 아냐. 그녀 나름대로 사정이 있었어."

"무슨 사정? 자신이 낳은 아이를 버릴 만한 사정이 뭔지 궁금하네."

비꼬는 투가 역력했지만 개의치 않고 말을 이었다.

"네가 어린 시절 두 번 납치를 당했다고 들었어. 맞아?"

"생각하기도 싫은 일이지만 맞아. 한데 그 일이랑 엄… 그 여자랑 무슨 관계가 있지?"

"너무 어릴 때 일이라 기억이 나지 않겠지만 사실은 넌 세 번 납치를 당했어. 첫 번째는 혼자가 아닌 둘이었지만 말이야."

"……!"

"고모님과 넌 운이 좋았어. 마침 아버지가 우연히 그 모습을 봤고 죽기 직전에 두 사람을 구했으니까. 그러나 고모님은 운이 계속될 거라고 생각하지 않았대. 결국 자신은 어쩔 수 없지만 너라도 살리기로 결정하셨대."

"…그래서 날 아빠에게 보낸 거라고?"

"응. 한데 류 회장님 옆에 있는 네가 납치당할 줄은 생각도 못 하신 거지. 아무튼 고모님은 널 보낸 후 우연히 내 아버지와 다시 만나게 되었고 어린 네가 걱정되어서 몰래 경호를 부탁했어."

"그래서 사부님이 내게……"

류성은은 두 손으로 얼굴을 감쌌다.

왠지 안쓰러웠다. 어깨라도 가볍게 두드려 줄 요량으로 손을 뻗다가 다시 뒤로 뺐다.

죽이려는 상대에 대해 안쓰럽게 생각한다는 것이 얼마나 가식적이란 말인가.

내 자신이 싫어지는 순간이었다.

그녀에게 생각할 시간을 줄 요량으로 자리에서 일어났다. 신지영에게 부탁받은 것을 전했으니 이제 결정은 류성은의 몫이었다.

"웅? 이게 무슨 냄새야?"

한참 동안 류성은이 결정을 내리길 기다리고 있는데 갑자기 타는 냄새가 났다.

얼른 부엌으로 가보니 류성은은 아까 그 자세 그대로 있었고 그녀 뒤쪽 오븐에서 연기가 나오고 있었다.

"이, 이거 어떻게 끄는 거야! 앗, 뜨거!"

와장창!

급하게 꺼내려다 뜨거움에 놓친 쟁반이 바닥에 소란스럽게 떨어졌다. 그리고 쟁반 위에 있던 새까맣게 탄 닭이 바닥을 굴러 테이블 밑 류성은의 발이 있는 곳으로 갔다.

미안과 실례의 중간쯤 되는 '쏘리'라고 말한 후 무릎을 꿇고 닭을 주우려 할 때였다.

갑자기 류성은이 양팔로 내 목을 감싸왔다.

초크를 구사하려는 것이 아닌가 싶어 순간 긴장했지만 목을 감싸 안는 수준이었다.

'요즘 만나는 여자마다 백허그를 하네. 쩝!'

"뭐……!"

한마디 하며 일어나려 하는데 축축한 무언가가 목을 적셔왔기에 입을 닫아야 했다.

"…내가 어떻게 해야 하니? 버림받은 건 난데……. 왜 이제 와서 본인이 피해자인 척 구냐고. 왜!"

듣는 사람도 가슴 울컥하게 하는 말이었다.

결국 나는 아무 말도 못 하고 벌 받는 것 같은 자세로 한동안 그녀의 구구절절한 말과 울음을 받아주는 곰 인형이 되어야 했다.

제5장

싫지만 해야 할 일

"오늘은 조금 어려 보이게 해주세요."

언제나 조금 나이 들어 보이게 머리카락 하나 흐트러지지 않을 정도로 단정하게 빗어 넘긴 올백 스타일을 고수해 온 류성은이 미용실 원장에게 말했다.

"어머, 웬일이야? 혹시 데이트?"

"아뇨, 약속이 있어요."

"호호호! 내가 전부터 말했지만 성은 씨는 두상이 작아서 볼륨펌에 살짝 연한 갈색으로 염색하면 정말 예쁠 거야."

"아니에요. 그냥 커트만……."

"에이~ 그러지 마. 내가 장담하건대 웬만한 연예인보다 훨씬 예쁠 거야. 아마 남자들이 보면 눈을 떼지도 못할걸. 그럼 시작한다?"

금세 쓸데없는 짓 같아서 그만두라고 말하려 했는데 원장은 말을 끊으며 수선을 떨었다.

'…그도 좋아할까?'

원장의 말에 문득 김철은 자신이 헤어스타일을 바꾸면 어떻게 볼지 궁금했다.

그러다 불에 덴 사람처럼 화들짝 놀라 머릿속에서 그를 지우려 노력했다.

'정연이가 나에게 해준 은혜를 잊으면 짐승보다 못한 인간이 되는 거야! 성은아!'

그녀는 언제나처럼 스스로를 다그쳤다.

그러나 그녀는 김철과 만날 때면 알게 모르게 자신을 어필했고 막상 그의 얼굴을 보면 이성보다 본능이 앞섬을 알고 있었다.

평소 무릎 아래까지 오는 치마를 입다가 그를 만날 때면 무릎 위로 오는 치마를 입었고, 최정연이 늦을 거라는 걸 알면서도 일부러 약속을 일찍 잡아 둘만의 시간을 더 가지려 했었다.

게다가 중국에선 호텔 앞에서 그에게 라면을 먹으러 가자고 할 뻔하지 않았던가.

죄책감에 한국에 충분히 올 수 있었음에도 계속 중국에 머

물며 일부러 피하기도 했었다. 그러나 막상 만날 시간이 다가
오면 죄책감은 어디론가 사라져 버렸다.

류성은이 속으로 갈등하고 있는 사이 미용실 원장의 손은
바쁘게 움직였다.

"다 됐어. 어때?"

"…괜찮네요."

"에이~ 성은 씨 칭찬이 너무 짜다. 저기 있는 손님들한테
물어볼까?"

"아, 아뇨. 좋아요."

원장은 한다면 하는 성격이었기에 얼른 대답했다.

사실 원장 말대로 류성은 자신이 봐도 거울 속에 자신이
아닌 다른 사람이 있는 것 같았다.

"장담하건대 연예인 지망생으로 볼 거야. 앞으로 이러고 다
녀. 시간도 얼마 걸리지도 않아."

"그러죠."

대답은 했지만 그럴 시간 있으면 서류를 한 장 더 볼 생각
이었다.

"앉아봐. 머리를 했으니 화장도 좀 하고 가. 서비스로 해줄
테니까. 내가 바탕이 좋은 사람을 보면 그냥은 못 보내잖아."

류성은이 일어나려 하자 어깨를 눌러 앉힌 원장은 화장품
세트를 가져와 그녀의 얼굴을 도화지 삼아 열심히 그리기 시
작했다.

"어머나! 어머나! 세상에! 아니, 이렇게 좋은 바탕으로 그동안 뭘 한 거야?"

살짝 올라간 눈썹을 순하게 보이게 내리고 눈 화장으로 눈을 조금 키웠을 뿐인데 류성은은 정말 아름다워져 있었다.

예뻐지는 걸 싫어하는 여자가 있을까. 류성은 역시 겉으로는 내색하지 않았지만 속으로는 바뀐 자신의 모습을 누군가에게 보여주고 싶다는 생각이 들었다.

하지만 이어지는 원장의 말에 안색이 싸늘하게 바뀌었다.

"성은 씨, 신지영 알지? 그녀의 옛날 모습과 완전 비슷해. 나이 든 사람과 비교한다고 기분 나빠 하지 마. 내가 실제로 몇 번 봤는데 요즘 애들과 비교해도 뒤지지 않으니까. 옛날엔 정말 여신이었다니까."

"이걸로 계산해 주세요. 전 잠깐 화장실에."

카드를 건네고 화장실로 달려간 류성은은 세수를 해 화장을 지워 버렸다. 그리고 평소 자신이 하던 그대로 다시 했다.

머리도 원래대로 하고 싶었지만 열심히 매만져 준 원장에게 불만이 있는 것은 아니었기에 그대로 뒀다.

"어머! 화장은 왜 지웠어?"

"회의에 그대로 들어갈 수 없어서요. 수고하셨어요."

화장을 지웠다고 호들갑을 떠는 원장을 뒤로하고 밖으로 나왔다.

미용실에서 나온 류성은은 차를 몰고 약속 장소로 왔다.

그러나 도착하고 나니 차에서 내리기 쉽지 않았다.

'왜 만난다고 해서는……'

신지영 역시 피해자라는 생각에 감정이 격해져 만나기로 약속을 했지만 막상 곧 얼굴을 마주할 것이라 생각하니 도망가고 싶어졌다.

'오늘은 도저히 안 되겠어.'

마음의 준비가 되지 않았다는 핑계로 그냥 돌아가기로 마음을 먹은 그녀는 차의 시동을 다시 걸려 했다. 그때 누군가 차창을 두드렸다.

김철이었다.

"이럴 줄 알았다. 왔으면 내리지 너답지 않게 고민은. 응? 머리했네. 잘 어울린다. 20년은 젊어 보인다."

"…그전에는 도대체 얼마나 늙어 보였기에."

"서른쯤. 지금은 10대라고 해도 믿겠다. 음, 아무래도 나랑 동갑이라고 믿어지지 않는데. 민증 까봐. 지금까지 오빠한테 반말한 거면 혼날 줄 알아."

"헛소리 그만하고 비켜. 그렇게 막고 있는데 어떻게 나가니?"

류성은은 달아오르는 얼굴을 숨기기 위해 일부러 퉁명스럽게 말하며 차에서 내렸다. 그리고 방금 전 심각하게 고민했던 것이 우습게 김철을 따라 음식점으로 들어갔다.

"그날 정연이랑 어떻게 됐어?"

한참 김철을 껴안고 울고 있는데 최정연이 들어왔었다. 어리둥절해하던 그녀는 곧 별일 아닌 듯 말하고 행동했지만 류성은은 마음에 걸렸었다.

"많이 혼났어. 왜 자신이 없을 때 그런 말을 해서 널 울렸냐고. 두 번 다시 그러면 서비스는… 하하…. 커험! 아무튼 너랑 같이 있어줘야 하는 거 아닌지 잠들기 전까지 얘기했었어."

"…그랬구나."

최정연의 마음 씀씀이에 한없이 고마웠다. 그러나 한편으로는 서비스라는 말에 알 수 없는 질투심이 스멀스멀 올라왔다.

'정신 차려!'

짝짝!

류성은은 양손으로 자신의 뺨을 때리며 심마를 없애려 했고 그런 그녀를 김철은 물끄러미 바라보더니 한마디 했다.

"그래서 죽겠냐? 하여간 누가 모녀 아니랄까 봐 하는 짓도 닮았어."

김철이 무슨 말인가 싶었는데 룸 앞에 서자 들리는 짝짝거리는 소리에 신지영 역시 자신처럼 양손으로 뺨을 때리고 있음을 알 수 있었다.

"들어갈까?"

"후웁~ 후우~"

길게 숨을 들이쉬었다 내뱉은 류성은은 고개를 끄덕였다. 지금 이 순간만은 옆에 있는 김철도 보이지 않았고 심장은 당장 터질 정도로 두근댔다.

김철이 문을 열자 식탁에 앉아 있다가 벌떡 일어나는 신지영이 보였다.

'…엄 …마.'

신지영을 향한 미움은 딱 그리움만큼이었다.

두 모녀는 한참을 아무 말도 않고 서로의 얼굴을 바라보았다.

먼저 시선을 피한 사람은 류성은이었다. 그대로 있다간 눈물이 터져 나올 것 같았기 때문이었다.

김철에게 얘기를 듣던 날 실컷 운 것이 도움이 된 것 같았다.

"…어서 오렴. 앉을까?"

"…네."

엄마 없이도 행복하게 잘 살고 있음을 보여주려고 자신 있게 얘기하려 하는데도 생각과 달리 말이 조금 늦게 나왔다.

두 사람이 앉자 김철은 방긋 웃으며 칸막이로 나누어진 옆방을 가리키며 말했다.

"전 바로 옆방에 있을 테니 편히 얘기 나누십시오."

"…문은 열어둬."

"헤어스타일을 바꿔 20년은 젊어 보이더니 정신연령까지 어려진 거냐? 워워! 그런 눈으로 보지 마라, 무섭다. 우리 사이에 대해 말씀드렸으니까 굳이 연인인 척 안 해도 돼. 힘내."

힘내라는 마지막 말은 귓속말이었다.

"참 멋진 아이야. 그렇지 않니?"

신지영은 대화의 물꼬를 트고자 류성은과 허물없는 사이처럼 보이는 김철을 화제로 올렸다.

"여자를 어지간히 밝힌다는 점과 다른 사람 일에 참견한다는 점, 어른이 있든 없든 자신의 할 말과 할 짓을 다 한다는 점, 호구처럼 여기저기 퍼 준다는 점, …중략…… 을 뺀다면 조금 봐줄 만하겠죠."

"…고쳐야 할 것이 참 많구나? 그래도 고쳐 나가면 괜찮아지지 않겠니?"

"다 고치려면 다음 생에서나 가능할 거예요."

"다 들린다! 욕하려면 좀 작게 말하든가."

김철이 음식을 먹다 말고 버럭 소리쳤다.

"봐요. 제 버릇 남 못 준다고 저희 둘 사이에……!"

류성은은 말을 하다 보니 신지영과 너무 자연스럽게 얘기하고 있음을 깨닫고 화들짝 놀랐다.

20년을 넘게 마음속에 담아왔던 말이 얼마나 많았을까. 그러나 막상 만나자 대답조차 하기 힘들었었다. 조금 전까지는 말이다.

"계속 얘기해 주렴. 우리가 20여 년 만에 만났다는 걸 잠시만 잊고, 담아뒀던 얘기는 잠시만 미루자꾸나."

말을 하는 신지영은 화사하게 웃고 있었지만 눈에선 눈물이 주룩 흐르고 있었다.

류성은이 신지영에 대해 마음속에 담아둔 만큼 신지영 또한 류성은에 대해 담아둔 것이 많았다. 그리고 그녀 역시 그것을 쉽게 꺼내지 못하고 있었다.

화제는 그녀가 생각했던 것과 달랐다. 그러나 오랫동안 함께했던 딸처럼 조잘대는 류성은의 모습은 그녀가 '함께 지냈었더라면' 하는 상상을 할 때 가장 먼저 생각했던 모습 중 하나였다.

류성은은 갑자기 우는 신지영의 모습에 잠깐 어떻게 반응해야 할지를 몰랐다.

울어야 할 사람은 정작 자신이라고 소리를 쳐야 하는지 아님 따라 울어야 하는지, 그것도 아님 그저 바라만 봐야 하는지.

결국 그녀가 선택한 것은 시선을 피하고 하던 말을 계속하는 것이었다.

"…그것 말고도 많아요. 얼마나 약한지 저한테도 맥을 못 춰요."

"오빠, 철이 아빠는 아주 강했단다."

"사부님과 비교할 수 없죠. 제 생각엔 수련을 게을리한 채 여자만 만나고 다녀서인 것 같아요."

"오빠는 지고지순한 순정파였는데……."

두 모녀에게 대화의 내용은 중요하지 않았다.

그저 이십여 년간의 세월이 만든 벽이 조금이라도 금이 가길, 지금의 자리가 조금 들 어색해지길 바랄 뿐이었다.

물론 애꿎은 희생양은 연신 귀를 후비고 있었다.

김철의 앞담화—앞에서 했으니—를 시작으로 조금씩 거리감을 줄여 나가던 두 사람은 마침내 서로에게 하고 싶었던 얘기를 꺼냈다.

껄끄러운 얘기였지만 서로 조심하다 보니 쉽게 감정이 격해지지는 않았다. 그러나 부모 자식이라는 천륜으로 이어져서일까. 두 사람은 서서히 서로의 상처와 아픔을 드러내고 조금씩 치유를 하고 있었다.

"철이에게 절 버린 이유에 대해서 들었어요. 하지만 그렇다고 이십여 년 동안 원망하던 마음이 사라진 것은 아니에요."

"안다. 몹쓸 짓을 하고 어찌 하루아침에 괜찮아지길 바라겠니. 그저 오늘 이렇게 나와서 나와 얘기를 해준 것만으로도 한없이 고맙단다."

"제가 바빠서 자주는 안 되지만… 간혹 이렇게 만나서… 얘기하는 것도 나쁘지 않다고 생각해요. 아! 무, 물론 시간이 안 된다면……"

신지영은 류성은의 말을 듣다가 지금까지 참아왔던 울음을 터뜨렸다.

몇 번이고 만나게 해달라고 류현민에게 졸랐는데 그때마다 돌아온 대답은 언제나 '싫다'였다. 그런 류성은이 간혹 만나자는 얘기를 하니 막아놨던 눈물샘이 터져 버린 것이다.

물론 두 사람의 관계는 이제 시작에 불과하다는 걸 알고 있었다. 어쩌면 지나온 시간보다 더 긴 시간이 필요할지도 몰랐다.

울음을 터뜨리자 당황하는 류성은을 향해 신지영은 멈추지 않는 눈물을 대충 훔치며 말했다.

"기뻐서 그런 거란다. 난 언제든지 괜찮다. 1분이라도 좋고, 1초라도 좋으니 네가 원할 땐 언제든지 그 자리에 있을게."

"…네. 오, 오늘은 그, 그만 가봐야겠어요. 고작 점심 먹으면서 너무 오랫동안 자리를 차지하고 있는 건 예의가 아니잖아요?"

만남도 어색했지만 헤어짐도 어색했는지 류성은은 횡설수설하며 자리에서 일어났다.

"연락 기다릴 테니 꼭 연락해. 근데 성은아……. 한 번만 안아봐도 되겠니?"

"……."

류성은은 어찌할 바를 모르고 얼어붙은 듯 서 있었고 무언의 긍정이라고 생각한 신지영은 그런 그녀에게 다가가 아기를 안듯이 조심스레 안았다. 그리고 조용히 속삭였다.

"엄마가 미안했어. 사랑한다, 우리 아기."

신지영으로서는 꼭 하고 싶었던 말이었지만 류성은에겐 급작스러웠나 보다.

양손으로 신지영을 밀어내는 류성은의 얼굴은 말로 설명하기 힘든 표정을 하고 있었다.

"…죄, 죄송해요. 그럼."

류성은은 딱딱한 자세로 고개를 숙여 인사를 한 후 후다닥 뛰쳐나가 버렸다.

당황하기는 신지영도 마찬가지. 그녀가 기댈 곳은 김철밖에 없었다.

"부탁해, 철아."

머리를 긁적거리던 김철이 뒤따라 나가고 잠시 멍하니 서 있던 신지영은 옷과 가방을 챙겨 음식점 밖으로 나왔다.

"집으로 가. …자, 잠깐! 세워봐!"

매니저에게 말을 하고 창밖을 보는데 건너편 보도에서 김철을 붙잡고 펑펑 울고 있는 류성은이 보였다.

얼마나 서럽게 우는지 건너편 차 안에 있는 자신에게까지 들렸다.

신지영도 그 소리에 다시 눈물이 쏟아졌다. 그러다 문득 두 사람을 바라보다 이상한 느낌이 들었다.

'…근데 저 애, 설마!'

만일 신지영 자신이라도 오늘과 같은 상황이라면 누구라도 붙잡고 울고 싶었을 것이다.

한데 류성은이 김철을 끌어안고 울고 있는 모습은 왠지 예사롭지 않게 보였다.

"이거 서운합니다. 오프더레코드 걸어놓고 길거리에서 대놓고 사랑싸움을 하면 기다리는 저희는 어떻게 됩니까?"

소정봉 기자는 앞서 인터뷰를 한 아홉 명의 기자들처럼 서운하다는 말로 포문을 열었다.

"어쩌다 보니 그렇게 됐습니다."

벌써 10번째 똑같이 하는 말이었다.

신지영과의 만남이 끝날 때쯤 류성은은 갑자기 도망치듯 뛰쳐나갔고 난 그런 그녀의 뒤를 쫓았었다.

울면서 달려가는데도 어찌나 빠른지 음식점에서 한 블록이나 떨어진 곳에서 그녀를 잡을 수 있었다. 한데 조용한 곳을 데려가기도 전에 펑펑 우는 통에 길거리에서 다독여야 했고 그 덕에 시민들의 카메라에 그대로 노출이 된 것이다.

그에 창천그룹의 외동딸과 사귄다는 것에 기사화를 꺼려하던 기자들이 서운하다는 말로 우르르 나에게 인터뷰를 요청했고 그중 그동안 알게 모르게 신세졌던 기자들에게만 응했다.

"깨진 겁니까?"

이 역시 10번째 듣는 질문.

"아뇨, 남녀 관계에서 말다툼이야 점심으로 뭘 먹을까 고민하다가도 발생할 만큼 흔하지 않습니까?"

"그 때문에 싸운 겁니까?"

"소 기자님 왜 이러실까. 저야 상관없는데 상대가 언론이라면 질색하는 쪽 아닙니까? 그냥 친한 지인이 슬픈 일을 당했다는 소식을 듣고 운 것으로 해주십시오."

"그야 어렵진 않죠. 한데 한동안 기사화할 수밖에 없다는건 이해해 주세요. 다른 곳은 다루는데 저희만 다루지 않는것도 우습지 않습니까? 그리고 희망재단에 대해서도 기사화할 생각입니다."

"그야 당연하죠. 더 흥미로운 일이 일어나기 전까진 감수해야 하는 부분이죠."

"더 흥미로운 일이라……. 아무래도 그런 일이 생긴다면 내일은 2면, 모레면 3면, 글피면 조용해질 수 있겠네요. 혹시 알고 있는 게 있습니까?"

소정봉은 내가 전하고자 했던 의미를 정확히 잡아내서 물었다.

"제가 귀가 좀 밝다 보니 여기저기서 들은 것들이 좀 있습니다."

"그 귀 좀 빌렸으면 좋겠군요."

"하하하! 뗄 수만 있다면 빌려 드리겠지만 아쉽네요. 대신제 입은 가벼운 편입니다. 정치, 법조, 연예계 세 가지가 있습니다. 어떤 걸 원하십니까?"

"앞서간 기자들이 선택하지 않은 걸 원합니다."

"쩝! 기자님들 생각은 다 비슷하군요. 아홉 명 중 여섯 명이 소 기자님과 똑같은 대답을 했습니다."

"다들 특종을 노리니까요. 그래서 어떻게 대답하셨습니까?"

"좋은 소식은 아무도 선택하지 않았다고 했습니다."

"열애설이겠군요? 몇 명이 선택했습니까?"

"세 명이요. 정치계와 법조계에 좋은 소식이 있을 리가 만무하겠죠. 어떤 걸 선택하시겠습니까?"

"셋 다 다른 열애설을 줬다고요?"

난 고개를 끄덕였다. 머릿속에 있는 열애설만 해도 꽤 많았고 방찬희에게 들은 것도 몇 가지 있었다.

소정봉은 잠깐 고민하다가 말했다.

"셋 다 주십시오."

물론 그 말고도 다 달라고 한 기자가 두 명 더 있었는데 당연하게도 안 된다고 대답했다.

그러나 소정봉에겐 예전에 두 번이나 도움을 받았기에 이번 기회에 갚기로 했다.

세 장의 봉투를 꺼내 그에게 건넸다.

"헐~ 진짜 줍니까?"

"소 기자님이니까 드리는 겁니다. 정치와 법조계 정보는 다른 기자님들보다 더 상세하게 적어뒀으니 잘만 조사하면 특종

한두 개는 나올 겁니다. 출처는 당연히 비밀인 거 아시죠?"

"물론이죠."

"더 물어볼 게 없다면 이만 끝내시죠. 가볼 데가 있어서."

내가 준 봉투의 내용을 읽느라 정신이 없는 그를 뒤로하고 나흘 전 인테리어 공사가 끝난 새로운 집으로 향했다.

양상수가 선물로 준 집은 더 이상 머무르기엔 무리가 있어 이번 기회에 아예 헐어버리고 새로운 건물을 지을 생각이었다.

새로운 집은 사실 집이라기보단 내가 가진 빌딩의 맨 위층과 옥상을 리모델링한 것이었다.

빌딩의 보안 시스템까지 바꾸는 제법 큰 공사였는데 돈으로 시간을 살 수는 없지만 공사 기간을 단축하는 건 충분히 가능했다.

"형, 왔어요?"

2학기부터 한국 화교 학교에 다니게 된 엄옥당의 짐은 우리 중에 당연 으뜸이었다. 그럼에도 불구하고 중국에서 또 다른 물건이 도착했는지 박스를 뜯어 열심히 정리 중이었다.

"응. 근데 너 형이 기억하라는 거 잘 기억하고 있나?"

"물론이죠. 어느 날 형님이 보내는 사람을 만나면 그가 원하는 건 뭐든 구해주라는 거 아니에요? 근데 무슨 의미인지는 아무리 생각해도 모르겠어요."

"알게 될 거야."

류성은에 대해 알게 되면 알게 될수록 죽이고자 하는 마음은 사라져 갔다. 그래서 완전히 사라지기 전에 일을 도모하기로 했다.

솔직히 현재의 류성은을 죽일 마음은 이미 사라진 상태였다. 그래서 미래의 류성은 혹은 류성철을 죽일 생각이었다.

미래의 류성은이 현재의 류성은과 다르다고 느끼는 내 생각이 얼마나 이율배반적인지 잘 알고 있다. 그러나 살심이 전혀 생기지 않는데 어쩌겠는가.

물론 실패에 실패를 거듭해 내가 죽음에 가까워질 때도 이러한 생각을 할지는 미지수였지만 말이다.

"지예는?"

"옥상에요. 방에서 TV만 보던 사람이 요즘은 거기에서 사네요."

"그래?"

변화라도 있는 건지 싶어 집안에 있는 계단을 통해 옥상으로 올라갔다.

옥상은 고급 주택의 마당처럼 꾸며져 있었는데 앞마당이 없는 대신에 윗마당을 만든 것이었다.

손지예는 인조 잔디밭에 누워 눈을 좁힌 채 하늘을 보고 있었다.

"뭐 해?"

"……"

혹시나 싶어 물었지만 역시나 미동조차 하지 않았다.

나는 그늘진 곳에 놓인 의자에 앉아 손지예를 관찰했다.

'과거의 기억은 분명이 있어. 한데 도대체 어디에 숨겨져 있는 거지?'

함께 있는 시간이 길어지고 틈틈이 관찰하다 보니 로봇처럼 변함없는 것은 아니라는 걸 알게 되었다.

가령, 음식에도 좋아하는 것 싫어하는 것이 있었는데 싫어하는 음식을 먹을 땐 아주 짧은 시간 동안의 주춤거림이 있었다. 그에 손지남에게 확인을 했고 그녀가 평소에 그 음식을 싫어했다는 것을 알 수 있었다.

그러나 막상 에너지를 이용해 찾아보면 어디에도 그런 흔적이 없었다.

구를 뽑았다가 다시 집어넣었다.

생각 없이 읽어봐야 에너지 낭비일 뿐이었다.

'빌어먹을 놈! 뭔가를 남긴 거라면 좀 쉽게 해놓을 것이지.'

과거의 나를 욕하며 일어났다.

아무리 욕해봐야 누워서 침 뱉기라는 걸 알았지만 이렇게라도 해야 기분이 풀렸다.

*　　　　*　　　　*

신체 능력이 뛰어난 사람에게 빙의를 하면 더 좋다는 걸 알면서도 그동안은 정보를 알아내기 위해 목표물에 가까운 곳에 있는 사람에게 빙의를 했었다.

그러나 이번엔 목적 자체가 분명했기에 최고의 몸이 필요했다.

난 특수부대 출신의 방찬회에게 우리나라에서 가장 강한 사람들이 있는 곳이 어디냐고 물었었다.

그는 주저하지 국정원 소속의 특수정보부 요원이라고 말했는데 국외 활동을 하는 이들로 모든 것이 베일에 가려져 있다고 했다.

빙의 대상을 정한 후 서두르지 않고 천천히 준비했다. 2036년, 2040년 두 번 에너지를 보내 국정원 수뇌부의 기억을 읽고 정보를 모아 2035년 국내에 가장 적임자가 머물고 있음을 알아냈다.

"며칠이 걸릴지 모르지만 아무도 방에 들어오지 마라. 지예는 옥당이가 좀 돌봐주고."

"도대체 심심하면 며칠씩 방에 틀어박혀 뭘 하시는 겁니까?"

석훈이 '또?'라는 얼굴로 물었다.

"면벽수련."

"헐~ 대박! 조금 지나면 절로 들어간다고 하시겠군요. 근데 출가하시면 형님이 좋아하시는 떡을 못 칠 텐데 괜찮겠습니까?"

"…니가 사람이 좀 되나 했더니 그대로구나. 어린애 앞에서 못 하는 소리가 없다?"

"에이~ 옥당이가 예전의 옥당이가 아닙니다. 청출어람까지
는 아니더라도 이미 제 수준입니다. 안 그래, 옥당아?"

뽝! 뽝!

엄옥당은 손바닥을 펴 맞대어 성관계를 연상케 하는 소리
를 내며 말했다.

"헤헤! 떡은 요걸 말하는 거 아닙니까?"

"핫핫핫! 역시 가르친 보람이 있다."

기가 찼다.

바빠서 석훈에게 맡겨놨더니 애를 아주 훌륭하게(?) 교육을
시켜둔 것이다.

"안 되겠다. 내가 아무리 바빠도 일단 너부터 교육을 시켜
야겠다. 나랑 며칠 동안 면벽수련 좀 하자. 뼈가 기억하도록
해주마."

"앗! 혀, 형님! 그, 그냥 한국말을 가르치다가 보니…… 뭐
든 알아두는 게 좋지 않습니까. 그리고 저 무진장 바쁩니다.
지민이랑 요조숙녀 앨범 작업도 해야 하고 배우들 스케줄 조
정도 해야 합니다."

"그걸 니가 하냐? 옥당아, 이 자식 회사에 한 일주일 못 나
간다고 전해라."

석훈이 도망가지 못하게 뒷덜미를 잡고 방으로 끌고 가며
말했다.

"예, 형!"

해맑게 대답하는 엄옥당.

"형님! 저 중국의 주 사장이랑도 연락을 해야 합니다. 며칠 후면 중국 공연이 잡혀 있는데 저 없으면 누가 연결시켜 줍니까? 옥당아, 내 말이 맞지?"

석훈은 내 방으로 들어가면 죽는다고 생각했는지 문의 양쪽을 잡고 버티며 엄옥당에게 도움을 청했다.

"맞습니다. 중국 쪽과의 연결은 전적으로 석훈이 형이 해서 며칠만 자리를 비워도 큰 혼란이 생길 겁니다."

"그래?"

푸닥거리 한번 하려 했던 거지 진짜 같이 지낼 생각은 없었다. 그래서 수긍하는 듯한 태도를 보였다.

"그렇다니까요, 형님! 그냥 재미있으라고 가르친 거지 딱히 다른 의도가 있었던 건 아닙니다. 그리고 여자 있는 술집은 딱 한 번, 아니, 두 번인가……. 아무튼 다음부터는 이상한 건 절대 안 가르칠 테니 이번 한 번만 봐주십시오. 저도 이제 예전의 석훈이가 아닙니다. 그저 회사원에 불과하다니까요."

픽!

"회사원치곤 너무 불량해. 앞으로 조금만 건전하게, 지금 말한 것처럼 회사원으로 평생 살아라."

뒤통수를 가볍게 한 대 때린 것으로 만족했다. 다른 건 없었다. 그냥 아픔을 많이 겪고 자란 그가 행복하길 바라는 마음에서 한 소리였다.

"…네."

진심이 통했을까. 석훈은 쑥스러운 듯 머리를 만지며 대답했다.

"그럼 며칠 후에 보자."

문을 닫고 들어와 방에서 지낼 동안 마실 물과 음식을 한 번 더 확인하고 화장실까지 들른 후 침대에 누웠다.

'이번으로 끝을 내자.'

이제 시간을 거스르는 것도 슬슬 지겨웠다.

얼른 끝내고 내 인생을, 현실을 살고 싶었다.

생각과 동시에 에너지가 빠져나와 새로운 시선을 만들었고 하늘 높이 올라갔다.

*   *   *

'이쯤이었을 텐데……'

2036년 12월 서울 강서구 방화동.

5, 6층 높이의 비슷한 건물들이 편도 1차선 길을 사이에 두고 올망졸망 모여 있는 골목을 나르며 특수정보부 4팀 서울 지점을 찾고 있었다.

정보부 부장의 기억에 따르면 분명 이 근처였는데 워낙 비슷한 건물들이 많다 보니 찾기가 쉽지 않았다.

'아! 인사하는 흑돼지!'

올해 초 방화동으로 이사 온 4팀의 서울 지점을 찾은 부장이 지점장과 멀리 가지 않고 바로 아래층에서 식사를 했었는데 그곳에 웃고 있는 로봇 흑돼지가 있었었다.

그 웃는 흑돼지를 발견한 것이다.

난 흑돼지가 있는 건물 4층으로 곧바로 벽을 뚫고 들어갔다.

'저기 있군!'

화광무역 주식회사이라고 패널이 벽에 붙어 있는 방엔 두 사람이 얘기하는 중이었다.

늘씬한 키에 제법 준수하게 생긴 40대 초반의 사내와 다소 키가 작고 평범해 보이는 30대 중반의 사내.

내가 찾던 사람은 후자였다.

대한민국 정부 수립 이후 최고의 요원으로 평가받는 사나이. 그는 지금까지 어떤 어려운 임무도 단 한 번도 실패한 적 없었고 모두가 불가능하다고 말하는 임무조차도 언제나 성공했었다.

특수정보부 입장에서 없어서는 안 될 사내, 공정진이 해외 현장이 아닌 국내에 있는 이유는 오늘 그가 사직서를 제출하는 날이기 때문이었다.

이후 그는 고향인 경남 산청으로 내려가 작은 편의점을 경영하며 살았고 국정원은 2040년까지도 계속 그에게 복직해서 일을 도와줄 것을 권했다.

각설하고 난 그를 며칠 동안만 빌릴 생각이었다.

난 그의 머리로 들어갔고 곧 그의 몸을 차지했다.

가장 먼저 지점장인 듯한 사내의 목소리가 들려왔다.

"…그만두면 뭘 하려고? 우리 같은 사람들이 평범하게 지내는 게 얼마나 힘든지 알지 않나? 아, 물론 지내려면 지낼 수 있겠지. 하지만……."

지점장은 횡설수설하는 것이 공정진이 일을 그만둔다고 해꽤 당황한 듯 보였다.

난 그의 쓸데없는 소리를 한 귀로 듣고 한 귀로 흘리며 공정진의 기억을 읽었다.

'…빌어먹을! 무슨 임무가 죄다 이 모양이야.'

공정진의 기억은 온통 살인이었다.

상당 부분 나라 위한 것이었지만 권력자들의 치부와 관련된 것도 꽤 있었다.

난 공정진이 그만두려는 이유를 백번 이해할 수 있었다.

"야! 공정진! 내 말 듣고 있어?"

"…듣고 있습니다."

"휴우~ 솔직히 말할게. 네가 그만두면 너 죽을 때까지 국내 요원이 붙어 다닐 거다. 평범? 우리에겐 절대 불가능한 단어다. 솔직히 이미 나라 일을 시작할 때부터 늪에 빠진 거나 다름없어."

"알고 있습니다. 그래도 몇 년쯤 하다가 말겠죠."

공정진의 기억을 읽었기에 그의 생각을 말하는 건 어렵지 않았다.

"다른 사람은 몰라도 넌 아냐. 네가 한 임무들을 생각해 봐. 하나만 빠져나가도 나라가 발칵 뒤집어질 일이야! 아마 죽을 때까지 요원이 붙을 거야."

"평생 지켜줄 경호원이 생겼다고 생각하면 그뿐입니다."

"누가 누굴 경호해, 새끼야! 야, 공정진이! 그냥 그러지 말고 한 10년만 더 고생해. 그다음 국내로 들어와서 원하는 곳에서 교관이든 교수든 해. 내가 책임지고 만들어준다."

웃기는 얘기였다. 지점장은 진심으로 하는 얘기인지 모르지만 이 나라의 위정자들이 그런 돈 되는 자리를 고작 나라를 위해 열심히 희생한 이들에게 줄 리가 없었다.

"전 마음 정했습니다. 아무튼 하루라도 빨리 처리해 주십시오."

내가 그의 잔소리를 구구절절 들을 이유는 없었기에 자리에서 일어났다.

"…이왕 온 거 그냥 휴가 왔다고 생각하고 며칠 쉬면서 생각해 봐. 그리고 그때 가서 다시 얘기하자. 알았지? 일단 그렇게 하는 거다?"

아니라고 대답하면 분명 나(공정진)에게 사람을 붙일 것이고 그럼 내 일에 지장이 있었다.

"알겠습니다. 대신 며칠간 절 찾지 마십시오. 머리 좀 식히겠습니다."

"걱정 마. 보고도 안 할 건데 무슨 핑계로 너한테 사람을 붙여. 대신 긍정적으로 생각하기. 오케이?"

'그건 그때 가서 공정진과 얘기하쇼.'

속마음과 달리 알았다는 '오케이' 사인을 해주고 밖으로 나왔다.

"택……"

택시를 잡으려던 나는 지하철로 향했다. 택시는 빠르긴 하지만 행적이 노출되기가 쉬웠다.

전자화폐가 모든 화폐를 대신할 것 같은 미래에도 현금은 유통되고 있었다.

재산 은닉, 비자금 조성 등 기득권 세력을 위해 현금 사용이 존속되고 있다는 세간의 얘기도 있었지만 나처럼 행적을 남기고 싶지 않은 개인들도 간혹 현금을 사용했다.

공중에 떠 있는 광고, 사람들이 움직임에 따라 따라다니는 광고 등 다소 정신없다는 점을 빼면 지하철은 크게 바뀐 것이 없었다.

"…많이 변했네."

정작 많이 바뀐 곳은 2013년의 내가 현재 누워 있는 빌딩이 있는 동네였다.

2036년의 입장에서 보면 예전의 내 건물만 빼곤 다들 하늘 높을 줄 모르고 높이 올라가 있었다.

"옥당이라면 새로 지을 돈이 없는 것도 아닐 텐데……. 추억 때문인가?"

내가 갑자기 죽자 유언에 따라 건물은 우당으로 넘어갔다가 현재는 엄옥당의 소유가 되었다.

건물로 다가가자 경비원 두 명이 막아섰다.

"무슨 일이십니까? 이곳은 개인 빌딩입니다."

"엄옥당… 씨를 찾아왔습니다. 김철 씨가 보낸 사람이라고 전하면 만나주실 겁니다."

"누가 올 것이라는 얘기는 못 들었습니다만……."

"일단 전해주시죠. 만나지 않는다고 하면 두말하지 않고 돌아가겠습니다."

두 경비원 중 한 명이 살짝 고개를 돌리고 중얼거리다가 곧 놀란 표정을 지으며 말했다.

"분명 김철 씨라고 말했습니까?"

"예, 2017년에 죽은 배우 김철 씨가 보냈습니다."

스스로 죽었다고 말하는 것은 언제 해도 기분이 더러웠다.

"들어오시랍니다. 안으로 들어가면 안내하는 사람이 내려와 있을 겁니다."

건물은 겉으로 보기에만 오래됐지, 내부는 최신식이었다. 특히 보안검색대는 한 번 지나는 것만으로도 가지고 있는 동

전이 몇 개이고 얼마인지까지 다 나올 정도로 성능이 좋았다.

"이쪽 검색대도 통과해 주십시오."

"방금 통과했는데, 또요?"

"다른 종류입니다."

로마에 왔으니 로마의 법을 따라야 했지만 그 외에도 두 곳의 검색대를 더 지나고 나서야 엘리베이터를 탈 수 있었다.

'청와대도 이렇게까진 안 하겠다. 도대체 무슨 일이 있었기에……?'

의문은 엄옥당을 보자 금세 풀렸다.

2013년과 거의 바뀌지 않은 모습으로 꾸며진 거실 소파에 앉아 있다가 일어나는 엄옥당은 예전의 모습을 거의 찾아볼 수가 없었다.

23년이 지났으니 당연하다 생각하겠지만 신체적인 변화가 세월로 인한 것만은 아니었다.

거의 표가 나지 않았지만 왼팔과 왼 다리는 의수, 의족이었고 오른쪽 이마에서 눈을 지나 광대뼈까지 내려온 흉터는 그가 과연 엄옥당이 맞는지 의문이 들게 할 정도였다.

"어서 오십시오. 차를 대접하지 않고 이렇게 단도직입적으로 묻게 되어 미안하지만 형님이 보냈다고요? 그에 대해 설명이 필요한 것 같은데요?"

본래 계획은 '부모 대에 큰 은혜를 받아 한 가지 일을 해주기로 되어 있었다'라는 기본 틀에 상황에 따라 적당히 말을 더할 생각이었다.

한데 그의 신체적인 변화야 그렇다고 해도 너무 불행해 보이는 표정에 의문이 생겼다.

예전에 미래로 가서 들은 것으로 판단해 보면 엄옥당은 류 씨 가문과 마찰이 때문에 서로 죽이려 하는 사이라고 생각할 수 있었다.

그런데 왠지 그 마찰이라는 것이 나로 인해 생긴 것 같다는 느낌을 지울 수가 없었다.

진실을 말한다면 혹시 튕기거나 많은 페널티를 받지는 않을까 하는 생각이 들었지만 내가 친했던 사람들의 미래를 알아두는 것도 나쁘지 않겠다는 생각에 계획을 선회했다.

"그 팔과 다리는 어쩌다가 그렇게 된 거냐? 얼굴의 상처는 또 뭐고? 지예나 잘 돌보고 있으라고 했더니 도대체 뭔 짓을 하고 다닌 거냐?"

"…뭐?"

엄옥당의 얼굴 상처가 묘하게 꿈틀거렸다.

꽤 무서운 인상이었지만 나에겐 그저 어린 엄옥당으로밖에 보이지 않았다.

다행히 아직까지는 어떤 페널티도 없었다. 그래서 좀 더 과감하게 말했다.

"형이 가르쳐 준 무술은 열심히 했어? 그렇다면 이젠 나보다 강할 수도 있겠구나."

"당신 도대체 무슨 말을 하는 거야! 마치 당신이 철이 형님인 양 말하는 것 같은데… 다른 건 몰라도 형님에 대해 왈가왈부하는 건 용서 못 한다."

"자식, 고맙다. 2017년에 죽은 자를 아직까지도 그렇게 생각해 주다니 말이다. 하지만 지금의 난 2013년에서 왔어. 며칠간 면벽수련한다고 말하고 말이야."

"……!"

"물론 이해하기 힘든 말이라는 거 안다. 하지만 너희가 모르는 능력이 나에겐 있어. 이렇게 다른 사람의 몸에 들어와 시간을 여행할 수 있단다. 너한테 내가 보낸 사람이 원하는 건 뭐든 들어주라고 말했던 건 바로 지금과 같은 순간을 위해서였어."

"미, 믿을 수가 없군요. 전 그날을 어제처럼 기억해요. 분명 면벽수련이라고 했었죠. 정말 형님이 그날에서 지금으로 온 것이 맞는다면 석훈 형님에게 뭐라고 했는지도 기억하세요?"

한 시간가량 지난 일을 기억 못 할 리 없었다. 아침을 먹을 때 했던 농담부터 방으로 들어오기 전까지의 대화를 말해줬다.

엄옥당은 여전히 믿기지 않는지 다른 기억들도 물었고 난 기억나는 대로 말해줬다.

"마지막으로 혹시 절 처음 봤을 때 기억하십니까?"

"어떻게 잊겠냐. 지민이 팬일 줄 알고 옆자리까지 비워놨더니 내 옆에서 조잘대던 꼬맹이를. 근데 키가 제법 자란 것이 확실히 호흡법이 좋긴 좋나 보네. 아님 수술이라도 한 거냐?"

"지, 진짜 형님 맞으시군요?"

"아까부터 말했잖아. 나라고."

엄옥당은 결국 내가 김철임을 인정하는 듯 보였다. 문제는 올해 서른아홉인 엄옥당이 날 형님으로 부르니 조금 이상했다.

그러나 다짜고짜 다가와 놓치지 않겠다는 듯 잔뜩 힘을 주고 껴안는 그를 보니 약간이나마 2013년의 엄옥당처럼 느껴졌다.

"집은 왜 예전 그대로 해둔 거냐?"

19년 만에 죽은 사람을 만난 엄옥당은 꽤 오랫동안 껴안고 놓아주지 않았다. 그러나 시간이 지나면서 조금 쑥스러웠는지 떨어졌다.

"형님의 흔적이 있는 곳이라 가급적 그대로 두고 있었습니다."

"결혼은?"

"했습니다. 중국 여잔데 엄청난 미인입니다. 하하!"

"애들은?"

"셋입니다. 둘째가 좀 약해서 걱정이긴 한데 아직까지 탈 없이 자라고 있습니다."

"내가 가르친 호흡법이라도 가르치지 그랬어."

"형님 집안의 비전을 제게 가르쳐 준 것만으로도 감사한데 제 아이에게까지 가르칠 순 없죠."

"에구! 너도 어지간히 융통성이 없구나? 정작 남에게 가르치지 말아야 할 인간은 가르치고, 가르쳐도 상관없는 넌 약속을 지키는구나."

엄옥당에게 가르친 건 온전한 것이 아닌 몇 가지 빠진 것이었다.

"네?"

"혼잣말이야, 혼잣말. 근데 넌 예쁜 마누라와 애들 놔두고 왜 이곳에 있는 거냐?"

적당히 반갑다는 인사를 했으니 이제 궁금한 것을 물을 차례였다.

"형님을 죽인 창천그룹 류성은에게 복수를 하기 위해 머물고 있었습니다."

역시나 예상대로였다.

"네 팔다리와 얼굴은 복수를 하는 과정에서 그렇게 된 거냐?"

"하하! 별거 아닙니다. 모기에 물린 정돕니다."

"…지금 시대엔 모기가 공룡만 하냐?"

그가 미래의 류성은과 류성철을 괴롭히고 있음을 알았을 땐 제법 의리가 있는 녀석이라고 생각했었는데 지금은 괜찮다고 웃는 모습을 보니 마음이 아팠다.

"석훈인?"

물으면서도 그가 어떻게 되었는지 알 것 같았다.

"…형님이 돌연 죽은 후 석훈 형님과 전 범인을 찾기 위해 노력했습니다. 그리고 형님이 죽는 날 같이 있었던 여자가 있었다는 걸 알게 되었습니다. 그 여자가 류성은이었죠. 그녀는 자신이 아니라고 말했지만 형님의 옆구리에 난 상처를 분석한 결과 그녀가 한 짓임을 확신했습니다."

엄옥당은 담담하게 말하려 했지만 표정만은 슬픔을 숨기지 못하고 있었다.

"저흰 복수를 하기로 했습니다. 한데 류성은 그 여자, 정말 강하더군요, 무던히 노력했음에도 번번이 실패했습니다. 그러다 7년 전에 폭탄 테러가 일어났었습니다. 류성은의 반격이었죠. 그때 석훈 형님이 절 감쌌습니다. 아니었다면… 저 역시 그날 죽었을 겁니다."

"…애들은 있었냐?"

"아뇨, 결혼할 여자가 있었는데 미래가 불투명하다고 헤어졌습니다."

"…정신 나간 놈. 그냥 평범한 회사원으로 살라니까."

내가 죽었다는 소식을 처음 들었을 때처럼 순간 먹먹한 기분이 들었다. 그러나 곧 털어냈다.

노력 여하에 따라 바뀔 수 있는 미래지 않은가.

"옥당아, 니가 나를 아직까지 형이라고 생각하면 부탁 하나만 하자."

"말씀하십시오. 형님은 언제까지고 저에게 형님이십니다."

"고맙다. 류성은과의 모든 일을 잊고 중국으로 돌아가라."

"형님!"

"복수든 뭐든 내가 할 거다. 넌 그저 내가 언제든 오면 필요한 것을 조달할 수 있게만 해주면 된다. 네가 날 생각하는 마음은 고맙다. 그러나 부디 죽은 나 때문에 네 인생을 낭비하지 마라."

엄옥당은 몇 번이고 돕겠다고 말했지만 계속해서 고개를 흔들었고 그는 결국 그러겠노라 대답했다.

"그렇게까지 원하시니 형님이 말하는 대로 하겠습니다. 하면 제가 무얼 도와드리면 되겠습니까?"

"여기 적힌 무기가 필요하다."

지하철을 타고 오며 적어둔 쪽지를 건넸다.

"군용 무기군요? 하루쯤 걸릴 겁니다."

"생각보다 빠르네. 그럼 기다리는 동안 식사나 하면서 회포나 풀어볼까?"

"하하! 제가 맛있는 거 대접하겠습니다."

"이번엔 사양하지 않으마. 남의 돈을 함부로 쓸 순 없잖아."

2013년에 아침을 먹고 수십 년 세월을 지나 점심을 같이했다.

제6장

류성철

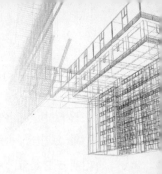

폭풍이 제주도로 상륙하면서 전국은 강렬한 바람을 동반한 폭우가 쏟아지고 있었다.

"의심받지 않고 돌아다닐 수 있어 편하긴 한데 정말 지독하게 오는군."

10미터 앞이 보이지 않을 정도의 빗속을 걸어 청계산을 오르고 있었다.

"이크!"

젖은 낙엽을 밟자 쭉 미끄러졌다. 재빨리 나무를 잡았기에 다행이지 하마터면 실족할 뻔했다.

이후로도 몇 번이고 미끄러지면서 마침내 목표 지점에 도착할 수 있었다.

"일단 비가 그치길 기다려야겠군."

확 트인 곳이라 딱히 비를 피할 수 있는 건 아니었지만 앉기에는 충분했다.

가방에서 먹을 것을 꺼내 먹으며 비가 잦아들길 기다렸다. 그리고 한 시간 정도 지나자 멀리 있는 도시들이 어렴풋이 보일 정도는 되었다.

가방에서 고글처럼 생긴 최신식 망원경을 꺼내 썼다. 그리고 저격하기 가장 좋은 위치를 살폈다.

'쯧! 완벽한 곳이 없네.'

가장 괜찮을 것 같은 지점 세 곳을 돌아봤지만 아버지의 집과 류성은의 집은 일부분밖에 보이지 않았고 차가 들어오는 길목도 군데군데 사각지대가 있었다.

'그나마 지금 위치가 가장 많은 저격 포인트를 가지고 있다는 것에 위안을 삼아야겠군.'

한 군데가 더 있었지만 위치적으로 현 위치보다 능선을 따라 우측으로 더 가야 해서 현 위치보다 좋을 것 같진 않았다.

이곳에 자리 잡기로 했다.

내 감이라기보단 저격수이기도 한 공정진의 기억에 의존한 위치 선정이었다.

장소가 정해졌으니 저격할 때까지 몸 상태를 최적으로 만들어야 했다.

방수 위장막을 꺼내 바닥과 나무에 걸어 비를 막은 후 산에서 내려오는 물이 옆으로 흐르게 고랑을 팠다.

편하게 움직일 수 있다면 금방 끝날 일을 좁은 곳에서 꾸물거리며 하다 보니 시간이 꽤 걸렸다. 1시간쯤 부지런히 움직이고 나서야 쉴 수 있는 준비가 끝이 났다.

오줌을 싸고 든든히 속을 채운 후 공정진을 눕히고 눈을 감았다. 그리고 2013년에 있던 내가 눈을 떴다.

제일 먼저 화장실에 다녀온 후 저녁으로 뭘 먹을지 뒤적였다.

"휴우~ 여기서 싸고 먹고 저기서 싸고 먹고. 마치 내가 하루 여섯 끼씩 먹는 것 같네."

두 개의 몸을 움직이다 보니 하루의 대부분을 배설하고 먹는 것에 소모하는 것 같았다.

그러나 공정진이 먹었다고 내 배가 부른 것은 아니었기에 챙겨 먹어야 했다.

"이민기 이 인간은 또 무슨 일로 전화를 한 거야."

저녁을 먹으며 무음으로 해둔 전화기를 확인했다. 스무 개의 부재중 전화 중 이민기 부사장의 것이 절반이었다. 그리고 메시지는 마흔 개가 넘었는데 대부분이 그가 보낸 것이었다.

[메시지 보면 연락 주십시오.]

[뭘 하고 계시기에 메시지도 확인 안 하는 겁니까? 연락 주

세요.]

[장 팀장한테 이상한 짓을 한다고는 들었는데 전화는 받으셔야죠?]

……

[벽만 보지 말고 전화기 좀 확인하세요.]

[언제까지 안 받고 확인 안 하는지 두고 보죠.]

[중요한 일입니다! 제발 연락 좀!]

정말 중요한 일이라면 석훈이 와서 문이라도 부수고 들어왔을 것이다.

내가 보기엔 또 뭔가를 떠맡기려는 것으로밖에 보이지 않았다.

내가 좋아하는 스타일이 아닌 '사선을 뚫고'라는 드라마를 찍게 된 건 순전히 이민기 부사장 때문이었다.

내가 출연하면 회사의 배우들을 단체로 출연 및 데뷔시킬 수 있다는 것을 빌미로 반강제적으로 떠맡겼었다. 물론 채찍만 줬다면 내가 응할 리가 없었다. 한가하기도 했지만 올해 아무것도 하지 않아도 괜찮다는 당근을 제시했기에 허락한 것이었다.

아무튼 나의 희생(?)으로 회사 배우 중 몇 명은 꽤 주목을 받고 있었다.

"설령 광고라고 해도 이젠 안 찍을 거다, 이 인간아."

이민기 부사장은 소속 연예인이고 직원이고 쥐어짜서 일을 시키는 것엔 능했다.

특히 성장세에 있었다고 해도 회사 올 상반기 수입이 작년 1년 수입보다 2배 가깝게 많았으니 능력은 인정할 만했다.

이 핑계 저 핑계를 대며 일을 시키려는 게 분명했기에 난 어떠한 답장도 하지 않고 전화기를 한쪽에 던져두고 식사에 집중했다.

지금 현실의 나는 생리 현상과 식사, 간단한 운동만으로도 충분했다.

밥을 먹고 간단한 휴식 후 운동을 했다. 누워만 있다고 머리 회전이 빨라지는 건 아니었다.

한차례 땀을 흠뻑 흘리고 샤워까지 마친 후에야 침대에 누워 눈을 감았다.

톡! 톡! 톡!

공정진에게 정신을 집중하자 빗소리가 많이 약해졌다는 걸 알 수 있었다.

일어나 앉아 아까 썼었던 망원경을 다시 썼다. 이미 구름이 잔뜩 낀 밤인지라 멀리 보이는 도시의 불빛을 제외하곤 앞으로 뻗은 손도 제대로 보이지 않을 만큼 어두웠다.

망원경의 버튼을 누르자 적외선 모드로 바뀌었다.

'이미 퇴근을 했군.'

경호원들의 배치가 바뀌었고 류성은의 집 근처가 밝아진 걸 보아 류성은이 집에 들어와 있다는 걸 알 수 있었다.

가방에서 분해된 무기를 꺼내 조립을 했다. 내일 아침에 바람만 잦아든다면 저격이 가능할 것이다.

알람을 맞추고 다시 누웠다.

내일 모든 것이 끝나길 바라며 잠이 들었다.

비바람이 다시 몰아치는 바람에 출근하는 류성은과 학교에 가는 류성철을 저격하는 건 불가능했다.

다행히 낮이 되자 유도용 드론을 날릴 수 있을 정도로 비바람이 약해졌다.

드론을 준비하고 류성철이 학교에서 돌아오길 기다렸다.

'왔다!'

내곡 공공 주택 지구에서 청계산으로 들어서는 차가 있었는데 젊은 사람들이 주로 타는 스포츠카인 걸로 봐선 류성철이 분명해 보였다.

손바닥 크기의 드론 세 대가 하늘을 날아 스포츠카가 있는 곳으로 날아갔다.

소형 미사일 발사기를 한쪽에 세워두고 오전에 나무에 파둔 홈에 저격용 총을 거치하고 드론이 보내오는 영상을 확인했다.

드론의 존재를 알았을까, 차를 따라 움직이는 드론을 향해 운전자가 돌아봤다.

류성철이었다.

난 왼손에 쥐고 있던 발사기의 버튼을 눌렀다.

퓨퓨퓨퓨퓨퓨퓨퓨 우슉!

아홉 개의 미사일이 드론이 가리키고 있는 류성철이 탄 스포츠카를 향해 날아올랐다.

'역시 눈치를 챘군.'

천천히 달리던 스포츠카는 내가 버튼을 누르는 순간 속도를 높였다. 그러나 드론을 제거하지 않는 이상 유도미사일들은 끝까지 쫓을 것이다.

"방어 체계가 없다면 넌 죽을 거야."

드론의 카메라로 심각한 표정의 청년 류성철을 보고 있던 난 중얼거렸다.

내가 발사한 미사일들은 차량의 위쪽 좌우 방향으로 빠르게 접근하고 있었다.

'다섯, 넷, 셋……'

지지직!

미사일이 도착하기 직전 드론이 보내주던 영상이 사라져 버렸다.

재빨리 쓰고 있던 망원경을 벗어 던지고 저격용 총의 망원경으로 시선을 돌렸다.

꽝! 꽝! 꽝! 꽝!

목표를 잃은 미사일들이 마구잡이로 떨어졌다.

그러나 방어막이 늦게 작동해서인지 그중 두 개는 스포츠카의 뒤쪽 좌측 바퀴에, 다른 하나는 보조석 바로 옆쪽으로 부딪히며 차가 공중으로 튀어 올랐다. 그리고 속도를 이기지 못하고 구르고 있었다.

'아직 아냐……'

미사일이 보조석 부근에 직격했는데 스포츠카는 찌그러지기만 했을 뿐 멀쩡했다. 한 뼘 정도에 불과한 미사일이라 위력이 크지 않았지만 일반 차량이라면 뚫고 걸레를 만들기 충분했다.

분명 방탄 차량이었다.

미사일로 죽일 수 있었다면 더할 나위 없이 좋았을 것이다. 그러나 실패할지도 모른다는 걸 어느 정도 예상을 하고 있었다.

석훈과 엄옥당이 몇 번이고 생명을 노렸는데 방어가 허술할 리가 없었다.

난 방아쇠에 손을 올리고 차가 멈추기 기다렸다.

"이게 진짜야, 류성철."

내가 지금 발사 준비를 하고 있는 라이플은 방탄차를 뚫어버리는 괴물이었다.

사정없이 구르던 차량은 서서히 속도가 떨어지며 멈추려 했고 난 방아쇠를 3분의 1쯤 당긴 채 총구를 멈출 것으로 예상되는 곳에 겨냥했다.

따앙!

완전히 멈추기 전 방아쇠를 당겼다.

아주 짧은 순간 내가 쏜 총알이 운전석에 있는 류성철의 몸을 뚫어버릴 걸 의심하지 않았다. 한데 총알이 닿기 전 류성철이 스포츠카의 문이 열고 바로 바닥으로 몸을 날렸다.

"Shit!"

짜증스러우니 공정진이 자주 내뱉던 말이 나왔다.

탕! 탕! 탕!

움직임을 예측하고 쐈다.

한데 그는 내 예측을 읽고 있는 듯 달려가다 벌렁 넘어지고 옆으로 구르다 벌떡 일어나 뛰었다. 그리고 우연인지 아님 내가 쏘는 위치를 판단해서 움직이는 건지 점점 사각지대로 들어가고 있었다.

탄창이 빌 때까지 마구잡이로 갈겼다.

"빌어먹을! 지금까지 쓴 에너지가 얼만데……."

집중해서 쏴도 못 맞혔는데 우연을 기대하기엔 거리가 너무 멀었다.

"거기서 나와!"

탄창을 갈아 끼우고 그가 사각지대에서 나오길 기다렸다. 그러나 나오라는 류성철은 나오지 않고 수십 개는 족히 될 전투드론들이 떠올랐다. 류성 측의 보안팀이 움직이기 시작한 것이다.

인간에겐 1시간이 넘게 걸리는 거리였지만 드론에겐 30초도 걸리지 않는 거리였다.

난 시선을 드론에게 돌린 후 사격을 했다.

탕! 탕! 탕! 탕!

"그딴 식으로 날아오면 먹이일 뿐이야."

정직하게 날아오던 네 대의 드론이 추락했다.

그러나 내 말을 들었는지 일제히 갈지자(之)로 움직이며 다가왔다.

아무리 저격수라고 할지라도 저격용 총으로 하늘에서 흔들리며 날아오는 드론—내가 날린 것에 비해 크긴 했지만—을 맞히기는 쉽지 않았다.

물론 한두 대쯤은 맞힐 수 있을 것이다. 그러나 그땐 난 이미 벌집이 되어 있을 것이 분명했다.

가방을 뒤져 오토바이 배터리와 비슷하게 생긴 물건을 꺼냈다.

드론이 다양한 용도로 사용됨으로써 많은 문제가 야기되었다.

파파라치나 사생팬들이 드론을 이용해 고층 아파트에 사는 연예인의 사생활을 찍는 건 너무 흔해 뉴스거리가 되지도 않을 정도였다.

2020년, 드론에 총처럼 탄환을 발사하는 장치를 설치해 무차별적으로 일반인들을 살해하는 일이 발생하면서 드론은 편리한 생활용품에서 무기로 돌변했고 그때부터 드론을 막을 수 있는 여러 가지 물건들이 나오기 시작했다.

가장 대표적인 것이 주파수 교란 장치. 드론에 사용되는 주파수를 일정 지역에 걸쳐 차단함으로써 무용지물로 만드는 장치로 드론이 날아다닐 수 있는 지역을 제외하곤 대부분 설치되어 있다고 해도 과언이 아니었다.

물론 내가 꺼낸 것은 주파수를 교란하는 장치는 아니었다.

불법적으로 드론을 사용하는 이들이 법으로 정해준 주파수만 사용할 리 만무했다.

그때 필요한 것이 바로 소형 EMP 발생기였다.

꺼내는 사이 전투드론들은 바로 코앞까지 다가왔다. 바로 스위치를 올렸다.

우웅~ 파파파파팍!

단 한 번의 작동으로 사방에서 조여오던 드론들은 스파크를 일으키며 떨어졌다.

"훗! 너희들만 준비한 게 아니거든."

떨어지는 전투드론을 보며 비웃음을 날려준 후 다시 망원경으로 류성철이 있는 곳을 바라보았다.

한데 드론에 신경 쓰는 사이 이미 안전지대로 갔는지 아님 내가 사라지길 기다리는지 어떤 움직임도 보이지 않았다.

주위를 찾아보고 있는데 조금 전보다 더 많은 전투드론들이 다시 떠올랐다.

"빌어먹을!"

EMP 발생기는 1회용이었기에 더 이상 드론을 막을 방법이 없었다.

저격용 총을 분해해 여기저기 던져 버리고 어느새 홀쭉해진 가방만 챙겨 미끄러지듯 산 아래로 내려갔다.

푸푸푸푸푸푸!

수박 씨 뱉는 듯한 저음의 소리가 나며 방금 있던 자리에서 나무 조각과 돌 조각 따위가 비산했다.

"인정사정없고만."

나는 투덜대면서도 거의 구르는 듯한 속도로 내려가고 있었다.

'아차!' 하는 순간 굴러서 죽을 가능성도 있었지만 멈추는 순간 벌집이 될 게 분명했다.

'저기까지만 가면 돼!'

나무가 우거진 곳까지만 들어가면 일단 드론은 문제 될 것이 없었다.

푸푸푸푸푸푸!

수십 대의 전투드론이 쏘는 작은 구슬은 마치 비처럼 쏟아져 내렸다.

만일 인공지능을 가진 로봇이었다면 분명 몇 발은 맞았을 것이다. 그러나 화면을 확인하고 공격 버튼을 누르는 전투드론 조종사의 반응 속도 덕분에 등골이 오싹한 정도의 위협만 느끼고 나무가 우거진 곳으로 들어갈 수 있었다.

"헉헉! 헉헉!"

드론이 들어오지 못하는 숲에 들어온 나는 내려가는 방향이 아닌 능선을 따라 계속 움직였다. 한 30분쯤 움직였을까, 가파르기 때문에 30도 정도 기울어진 나무에 등을 기대고 숨을 돌렸다.

'다음엔 좀 더 준비를 해야겠어.'

처음부터 성공할 수 있을 거라고 생각하지 않았다. 물론 그렇다고 아쉬움이 없는 건 아니었다.

방탄차가 아니었다면, 미사일이 좀 더 강했더라면, 류성철이 조금만 차에서 늦게 뛰어내렸으면 따위의 가정이 머릿속을 떠돌았다.

'공정진을 등산로까지 데려다 놓고 이만 가야겠다.'

지금쯤 보안팀이 발칵 뒤집어져 청계산 일대를 샅샅이 수색하고 있겠지만 가방 안에 있는 옷으로 갈아입고 쓰고 있던 두 건만 벗어 던진다면 공정진이 위험에 처할 리는 없을 것이다.

"찾았다. 여기 있었군!"

옷을 갈아입을 생각으로 자리에서 일어나는데 뒤에서 인기척과 함께 누군가가 나타났다.

갑자기 들리는 인기척에 다소 놀라긴 했지만 뒤돌아보고선 정말 깜짝 놀랐다.

"류성철?!"

조각과 같은 얼굴에 어울리지 않게 한쪽 입꼬리를 올린 채 웃고 있는 이는 분명 류성철이었다.

"이쪽으로 온 거 보면 목표물인 나를 두고 그냥 가려고 했나 보네?"

"아! 뭐……. 지금쯤 경호원들에게 둘러싸여 있을 거라고 생각했으니까."

"그래서 다음 기회를 노리겠다?"

"그렇지. 근데 넌 여긴 웬일이냐? 설마 날 죽이겠다고 쫓아온 거냐? 그것도 혼자서?"

류성철이 왜 이곳에 왔는지, 왜 그런 그와 사이좋게 얘기를 하고 있는지 건지 스스로 생각해 봐도 너무 어이가 없었다.

"왜 그런 거 있잖아. 집에 바퀴벌레가 나타났는데 잡지 못하고 장롱 밑으로 들어가 버리면 밤새 잠 못 자는 거. 그래서 난 바퀴벌레는 무슨 일이 있더라도 잡아. 그래야 발을 뻗고 잘 수 있거든. 아! 바퀴벌레라고 해서 기분 나빠 하지 마. 복면을 한 채 갈색 옷을 입고 있으니 꼭 바퀴벌레 같아서 하는 말이거든."

'말하는 싸가지하곤.'

류성철이 나를 잡기 위해 이곳까지 왔다는 것이 확실해졌다.

어린 시절 그를 보았을 때 무술에 대단한 재능을 지니고 있었다는 건 알고 있었다. 그러나 상대방의 실력을 가늠하지도 않은 채 왜 이렇게 위험한 짓을 하는지 궁금해졌다.

"네가 이러는 거 너희 엄마가 아시냐?"

"아니, 몰라. 아신다면 분명 많이 혼내시겠지. 하지만 모든 위험을 엄마에게 맡겨놓고 그 뒤에서 편하게 살 생각은 없어. 성년이 되었으니 이제부터 내가 엄마를 지킬 생각이야."

"훗! 효자네. 하지만 바퀴벌레에게 물릴 수도 있다는 걸 생각했어야지."

틱! 틱!

번개처럼 무소음 권총을 꺼내 류성철을 향해 쏘았다. 한데 내가 총을 쏠 것을 예상했을까. 그는 몸을 날려 나무 뒤로 숨었다.

틱! 틱! 틱!

그가 숨은 나무를 기준으로 빙 돌며 계속 쏘았지만 그 역시 나무를 방패 삼아 돌며 피했다. 그러면서 투덜댔다.

"바퀴벌레가 총을 쓸 줄은 몰랐네."

"굳이 총이 있는데 칼로 혹은 주먹으로 싸울 거라고 생각했나? 아무리 약한 사람이라도 내가 모르는 무기가 있을 수 있는 법. 그래서 무력화시키든 죽이든 언제나 최선을 다해야 하는 법이야."

나무를 향해 말하는 틈틈이 총을 쏘며 한 걸음씩 뒤로 물러서고 있었다.

지금 내가 유리한 상황처럼 보이지만 사실 아니었다.

류성철이 총을 피하는 순간 그가 단전의 힘을 사용할 수 있는 수준, 2013년의 나와 비슷한 실력을 가지고 있음을 알 수 있었다.

즉, 괴물이라는 얘기였다.

'좋지 않아.'

역사상 최고의 요원으로 평가받는 공정진의 실력을 객관적으로 본다면 나와 비슷한 수준이었다. 힘으론 내가 앞서지만 생사의 경계에서 다년간 갈고닦은 살인 기술은 그가 앞선달까.

그렇게 본다면 류성철과 한번 붙어볼 만하다고 생각하겠지만 지금 공정진의 몸을 내가 차지하고 있다는 게 문제였다.

몸에 밴 실력을 기억을 읽고 따라 한다고 완벽하게 구사할 수는 없었다.

"당신이 말하는 최선이 도망가는 건가? 말소리가 조금씩 멀어지는데?"

'빌어먹을 놈! 사람 긁는 건 늙은 놈이나 젊은 놈이나 똑같군.'

사실 도망가려는 것이 아니라 어떻게 놈을 죽일 수 있을까 고민하는 중이었다.

위험하긴 했지만 이런 기회가 언제 있겠는가.

놈이 나이가 조금 더 든다면 이런 만용에 가까운 짓은 하지 않을 게 분명했다.

휘익!

잠깐 생각하는 틈을 놈이 노렸다.

언제 주웠는지 들고 있던 여러 개의 돌멩이를 던지며 빠르게 다가오고 있었다.

순간 돌멩이를 무시하고 놈을 쏠까 하는 생각을 했다. 그러나 내가 힘껏 던진 돌멩이라면 어떻게 될까 생각해 보니 결론이 나왔다.

옆으로 몸을 날렸다.

파파파팍!

일부는 뒤쪽에 있던 나무에 박히고 일부는 얇은 나뭇가지를 부수며 지나갔다.

틱! 틱! 틱! 틱! 틱!

피함과 동시에 놈이 오고 있는 방향을 향해 마구 쏘았다. 그러나 어느새 그는 내 시선에서 사라졌다. 나는 그 방향을 향해서도 총알을 아끼지 않고 발사했다.

탈칵! 탈칵!

땅에 떨어지기 전에 공이가 격침을 때리는 소리만 들렸다.

총을 들고 있지 않은 왼손으로 낙법을 펼치며 오른손으론 탄창을 제거하고 허리 부근에 채워둔 새로운 탄창을 끼웠다.

철컹!

빙글 한 바퀴 돌며 몸을 바로 한 후 총알을 재장전하고 쏠 준비를 마쳤다.

군더더기 없는 완벽한 동작. 그러나 근접한 류성철을 향해 방아쇠를 당기려는 찰나, 그의 발이 내 오른손을 차올렸다.

버티지 않고 손을 위로 올리며 총을 놓치지 않으려 했지만 이건 말이 발차기 해머로 풀스윙한 수준이었다. 총은 하늘의 별이 되어 날아가고 난 한 팔을 번쩍 든 채 허점을 노출했다.

퍼억!

"큭!"

총을 차올렸던 발이 살짝 뒤로 빠졌다가 내 옆구리에 박혔다. 난 몸을 뒤로 날리며 충격을 완화시켜 보려 했지만 절로 터져 나오는 비명은 어쩔 수 없었다.

"최선을 다하라고 했었지?"

두 바퀴를 돌며 거리를 벌리려 했지만 그가 다가오는 속도를 늦출 수 없으니 따라잡히는 건 시간문제였다. 그의 발이 이번엔 좌에서 우로 날아왔다.

'젠장! 지가 언제부터 남의 말을 잘 들었다고!'

두 바퀴 돌 때 멍청하게 돌고만 있지 않았다. 뒤춤에서 꺼낸 두 개의 단검으로 그의 아킬레스건과 무릎을 노렸다.

"제법……!"

머리는 맞겠지만 다리 한쪽은 갖겠다는 동귀어진의 수법이었다.

당연히 피할 것이라 생각했고 피하는 수법은 가전무술 중의 하나일 거라고 판단했다. 그리고 예상대로 그는 상체를 옆으로 반대로 돌리고 무릎을 구부리는 것으로 내 공격 겸 방어를 피했다.

'됐다!'

기회였다.

이미 예상하고 있었기에 그가 피하는 순간을 노려 그의 목과 심장을 노렸다.

그러나 그는 깜짝 놀라는 표정을 지으며 내가 저격을 했을 때처럼 뒤를 생각하지 않는 듯한 동작으로 바닥에 철퍼덕 쓰러졌다.

괴상한 자세였지만 결과적으로 내 공격을 피하기에 충분했다.

'위기 감지 능력!'

단전이 활성화되면서 민감해진 위기 감지 능력으로 나 역시 얼마 전에 목숨을 건지지 않았던가.

물론 위기 감지 능력이 만능은 아니었고 그만 가진 능력은 아니었다.

다수가 총을 쏘거나 비슷한 수준의 빠르기를 가지고 있었다면 위기 감지 능력을 무용지물로 만들 수 있었다.

픽! 픽!

바닥을 구르는 그의 옆구리를 짜증스럽게 두 번 차는 것으로 이번 공격을 마칠 수밖에 없었다.

"…꽤 인상적인 공격이었어."

옆구리를 잡고 일어나는 류성철은 굳은 표정으로 중얼거렸다. 그러곤 지금까지완 달리 무서운 살기가 온몸에서 뿜어져 나오는 듯했다.

'젠장! 찌릿찌릿하네.'

어느 것 하나 우위를 점하지 못하는 상태에서 붙는 건 개 죽음을 자초할 뿐이었다. 게다가 공정진의 몸을 한 번만 쓰고 버리기엔 너무 아까웠다.

그러나 막 덤벼오는 류성철 때문에 지금은 도망치는 것도 쉽지 않았다.

쉭! 틱! 쉬쉭! 틱!

적막한 숲엔 오직 바람을 가르는 소리와 팔과 팔이 부딪치 는 소리만 들렸다.

단검을 들었다는 것과 그가 사용하는 무술을 안다는 이점 으로 간신히 버티고 있었다. 거기에 다시 쏟아지기 시작한 비 가 울창한 숲을 뚫고 내리면서 미끄러지지 않는 신발을 신은 것 또한 이점으로 작용했다.

그러나 시간이 지날수록 점점 불리해지고 있었다.

"하압!"

단전을 이용하는 류성철은 거의 무한 체력인 데 비해 나는 점점 지쳐가고 있었기 때문이었다. 게다가 그의 공격을 비스 듬히 받아 흘리는데도 불구하고 강한 힘 때문에 팔의 감각이 점점 사라지고 있었다.

약해지는 마음을 다잡고자 기합을 넣었다. 지지 않겠다는 마음이 또 한 번의 기회를 만들었다.

굵은 빗물이 류성철의 눈에 떨어졌고 그는 순간적으로 왼쪽 눈을 감았다.

오른 다리를 축으로 그의 왼쪽으로 돌았다. 그의 시선에서 벗어난 후 쇄골 사이와 어깨 인대를 노리고 단검을 찔러갔다.

'됐어!'

워낙 가까운 거리여서 설령 위기를 감지한다고 한들 최소한 한 팔 정도쯤은 못 쓰게 만들 수 있을 거라 생각했다.

한데 그는 우연인지 절묘하게 오히려 어깨로 나에게 부딪쳐왔다.

터엉! 으득!

차에 부딪히면 이런 느낌일까. 엄청난 충격과 함께 몸이 의지완 상관없이 뒤로 붕 날아올랐다. 그리고 사정없이 뒤로 굴렀다.

"크윽! 젠장!"

손을 뻗어 나뭇가지를 잡고 나서야 멈출 수 있었다. 한데 나뭇가지를 잡는 순간 방금 맞은 곳이 칼에 베인 듯 뜨끔했다.

갈비뼈 몇 개가 금이 갔나 보다. 그나마 다행인 건 류성철도 어깨를 베였는지 그가 입은 옷이 피로 물들어 있었다.

"내가 만용을 부렸음을 인정할 수밖에 없네. 사실 종합 격투기 선수들 중에도 내 적수가 없어서 나름 자신이 있었는데 말이야."

"만용의 대가로 좀 더 치명적인 걸 줬어야 하는데 말이야. 근데 숨겨둔 수가 더 있다거나 한 건 아니지? 사실 지금도 많이 벅차거든."

암묵적으로 우리 둘은 대화를 하며 잠깐의 휴식 시간을 가졌다.

"솔직히 없어. 다만 훌륭한 동료들을 놔두고 혼자 이러는 건 미친 짓임을 알게 되었어. 위치를 알렸으니 10분 정도면 도착할 거야."

"…잘도 그딴 소리를 하는군. 기운 빠지게."

"그래도 당신을 인정한다는 의미에서 가르쳐 주는 거라고."

"인정하는 김에 이만 가게 놔주지그래?"

"불가. 당신을 살려두면 아무래도 위험할 것 같아. 대신 바퀴벌레라는 말은 취소할게."

"그럼, 닥치고 시작하자고."

이번엔 내가 먼저 공격을 시작했다. 최소한 8분 안에 어떤 결정이든 내려야 했다.

맞으면 부러질 것 같거나 치명적 공격을 제외하곤 방어를 도외시하고 공격을 했다.

"이크! 더 날카로워졌군."

단검이 연신 그의 목과 팔을 스치듯이 지나갔지만 어떠한 상처도 입히지 못했다. 그리고 내 몸엔 차곡차곡 피해가 쌓여

갔다.

류성철의 말처럼 아까보다 훨씬 위협적인 공격이었는데 아주 능숙하게 피하고 있었다.

'어떻게 생겨먹은 놈인지 그새 강해졌군. …설마!'

내가 펼치는 살인 기술은 아까부터 해서 최소한 서너 번 정도 반복되고 있었다. 두서없이 펼치곤 있지만 비슷한 상황엔 비슷한 기술을 쓸 수밖에 없었다.

아까와 달리 다소 여유 있는 표정과 여유롭게 피하는 모습에서 그가 내 공정진의 기술을 다 기억했음을 알 수 있었다.

'헉! 허억! 젠장! 이, 이제 더 이상 못 버티겠군.'

피해가 누적되어 이젠 몸이 버티지 못할 지경이었다. 게다가 에너지가 거의 떨어져 가고 있었기에 더 많은 에너지를 보충할지, 이대로 에너지가 떨어질 때까지 버티다 공정진의 몸에서 튕겨져 나갈지, 그것도 아님 도망가야 할지 결정할 시간이었다.

이길 가능성이 조금이라도 보였다면 주저하지 않고 에너지를 보충했을 것이다. 그러나 류성철은 갈수록 강해지고 있었다.

'도망가자.'

고민은 짧았다. 공정진을 살리기로 하고 다음을 기약하기로 했다.

그가 잠깐 주춤거릴 시간이 필요했고 효과적인 방법은 이미 생각해 뒀다.

아까부터 쓸지 말지 고민했는데 선택의 여지가 없었다. 그의 주먹을 가전 무술로 방어하고 가전 무술로 공격했다.

"엇! 이건……! 당신이 어떻게……?"

예상대로 류성철은 잠시 당황했고 공격이 느슨해졌다. 그리고 기회를 놓치지 않고 거리를 벌리며 난 곧장 뒤돌아서 뛰기 시작했다.

오늘 오전까지만 해도 방해물이었던 폭우가 지금 이 순간만큼은 좋은 엄폐물이 되어주었다.

*　　　*　　　*

2014년 1월부로 KC엔터테인먼트의 정식 사장으로 취임한 이민기는 취임한 날부터 정신없는 날을 보내고 있었다.

그동안 거의 모든 일을 자신이 처리해 왔다고 생각한 그는 직책만 바뀌는 거라고 가볍게 생각했는데 의외로 김철이 결정하고 벌인 일들이 꽤 됐다.

"…역시 이 인간은 보스 체질이야. 그냥 부사장으로 있을 걸 그랬나? 끙! 욕먹지 않으려면 죽자 사자 해야겠네."

이민기는 김철이 결재해 왔던 서류를 보며 중얼거렸다.

여지민, 요조숙녀, 중국 엔터테인먼트 회사인 충칭문화—엄옥당이 주국동의 회사에 투자함으로써 규모가 커졌다—와 연계된 장석훈 등등. 자신 마음 내키는 대로 한 것 같은데 결과적으론 오직 신지영에 의존하던 듣보잡 기획사를 단 2년이 조금 넘는 기간에 20위 안에 진입시켰다.

게다가 현재 소속 연예인만 그대로 데리고 가면 몇 년간은 아무 문제 없이 승승장구할 수 있을 것 같았다.

모든 사정을 알고 나니 자연 어깨가 무거워졌다. 그에 퇴근도 못 하고 매일 사무실에서 전전긍긍이었다.

"사장님, 지민이 왔습니다."

여지민의 매니저 임병호가 문을 열며 말했다.

여지민은 이제 명실상부한 KC엔터테인먼트의 최고 스타였다.

2013년 1장의 정식 앨범과 2장의 미니 앨범을 모두 성공시켰고 한국과 중국에서 한 편의 드라마를 히트시켰다. 그에 광고 20여 편을 찍었다.

거기에 두 번의 투어콘서트까지 하며 눈코 뜰 새 없이 보낸 덕분에 올해 그녀가 번 돈만 수백억에 달했다.

재계약까지 아직 2년이 넘게 남았지만 지금부터 미리 준비해야 하는 대어가 되어버린 것이다.

"어서 와라."

"대표님 되신 거 축하드려요. 바쁘다 보니 이제야 인사를 드리네요. 이건 이번 촬영 갔다가 축하 선물로 샀는데 마음에 드실지 모르겠네요."

2년이라는 시간은 평범한 여고생을 반짝반짝 빛나는 스타로, 아름답다고 손꼽는 여느 연예인들과 비교해도 부족하지 않을 정도로 만들기에 충분했다.

"쉴 시간도 부족했을 텐데 쇼핑할 시간이 있었어? 네가 주는 것이라면 욕이라도 기꺼이 받으마. 앉아라."

이민기 사장은 그녀의 겉모습보다 초심을 잃지 않는 모습이 더욱 예뻐 보였다.

따뜻한 차와 그녀가 올 거라고 해서 사다 놓은 유명 베이커리에서 사 온 디저트를 가져오게 했다.

"맛있어요! 한데 무슨 일로 찾으셨어요? 제가 부탁드린 일 때문인가요?"

여지민은 김철을 자신의 뮤직비디오에 출연시키고 싶다고 작년부터 얘기했었다. 그래서 이민기는 알겠노라 말하며 몇 번 김철에게 전화를 했었다.

한데 입을 열기도 전에 김철이 일은 절대 하지 않겠다고 단호하게 말을 해서 얘기도 못 하고 끊었어야 했었다.

자신이 약속한 거지만 언제나처럼 말만 하면 마지못해 들어줄 거라 생각했던 이민기로서는 제대로 뒤통수를 맞은 것이다.

자업자득이었으니 뭐라 하지도 못한 채 여지민이 전화를 할 때마다 얼마나 전전긍긍했는가.

다행히 신년이 시작되면서 그가 사장직을 물려주러 왔을

때 얘기를 해 확답을 받아놓은 상태였다.

"웅! 이번 정규 앨범 작업할 때 참여하기로 했어."

"헤헤! 잘됐네요. 무리한 부탁이었는데 감사드려요."

"감사는 무슨. 근데 그것 말고도 전해줄 것이 있다."

이민기는 김철에게서 받은 두 가지 서류를 꺼내 여지민이게 건넸다.

"이게 뭐에요?"

"하나는 새로운 계약서이고 다른 하나는 네 이름으로 된 건물대장. 김철 전 대표님이 너한테 전해주라고 하더라."

"오빠가요? 재계약을 하려면 아직 7년은 넘게 남았을 텐데요? 그리고 웬 건물이요?"

이민기는 어리둥절해하는 여지민에게 설명했다.

"처음 10년으로 한 계약을 5년으로 줄여놓은 계약서야. 다른 건 딱히 바뀐 것 없어. 그리고 건물대장은 그동안 네가 미성년자라서 대신 가지고 있었던 돈으로 산 거라고 했는데 모르고 있었어? 김 대표 말로는 알 거라던데?"

"……!"

놀라는 모습을 모르는 얘기는 아닌 모양이었다.

"김 대표와 별도로 계약했던 게 있었던 거야?"

사실 이민기도 전하라고 해서 전하는 것뿐 자세한 것은 몰랐다.

"아, 아니에요. 다른 말씀은 없었어요?"

"아! 있었어. 이걸 주는 대신에 김 대표가 신세 진 곳에 가서 미니콘서트 한번 해달라고 했어. 물론 싫다면 안 해도 된다고 했으니까……."

"당연히 해야죠. 한데… 오빠는 요즘 뭐 하신대요?"

"글쎄다. 신선제약 일 때문에 그런지 얼굴이 썩 좋진 않더라. 뜬금없이 수천억의 특허료를 내야 한다니 착잡하긴 하겠지."

수천억의 특허료를 내라고 하는 특허권자도, 내야 할 사람도 김철임을 이민기는 모르고 있었다.

이민기의 말에 여지민은 걱정이 가득한 표정으로 자리에서 일어나며 말했다.

"전화라도 해봐야겠어. 미니콘서트 지역과 날짜는 매니저 오빠에게 말해주세요. 그럼 다음에 봬요."

"으, 응. 그래… 라."

이민기의 대답이 끝나기도 전에 여지민은 이미 사라진 후였다.

"휴우~ 그 인간의 그림자가 서류 속에만 있는 건 아니었구나."

여지민이 놓고 간 가방을 보며 중얼거린 그는 그녀의 매니저 임병호에게 가방을 가져가라고 말하곤 다시 서류에 집중했다.

사장의 직책에 앉은 이상 김철보다 못한다는 소리는 듣기

싫었다.

*   *   *

"녀석하곤. 내가 그깟 돈으로 고민할 사람으로 보이냐? …
10년 계약은 민법상 무효에 속해. 정 아쉬우면 나중에 계약할
때 우리 회사랑 해. 그리고 건물은 혹시나 싶어 잠시 보관했
다가 주는 거니까 부담 갖지 마. 지금 신지영 선생님이랑 얘기
하는 중이니 나중에 뮤직비디오 찍을 때 보자."

신지영은 여지민의 전화 통화를 하고 있는 김철을 복잡한
눈으로 보고 있었다.

첫 만남 이후 몇 번 만나게 되어 어느 정도 가까워진 그녀
는 류성은에게 은근히 김철에 대해 물었고 호감을 가지고 있
다는 얘기를 듣게 되었다.

한데 겨우 마음을 연 류성은에게 자신과 김유성의 관계를
밝히며 달리 생각하라고 말할 용기는 없었다.

신지영의 마음이 꺼려진다뿐이지 실제로 결혼한 것도 아니
니 문제 될 것도 없었다.

"죄송해요, 고모. 지민이가 무슨 얘기를 들었는지 괜찮으냐
고 전화했네요. 한데 무슨 얘기를 했었죠?"

"녀석하곤. 얼굴 표정이 안 좋아 보여 괜찮으냐고 물었었
다."

"요즘 하던 일이 계속 실패해서⋯⋯."

"도대체 무슨 일이기에? 돈이 필요하면 어느 정도 줄 수 있단다."

"지민이도 그러더니. 세상을 헛산 건 아닌가 봅니다. 한데 돈 문제는 아니에요."

"그럼 여자 문제?"

"하하하. 아뇨. 그냥 게임 같은 거예요. 근데 성은이랑 또 만나셨다면서요? 이젠 저랑 만날 때도 곧잘 고모님 얘기를 해요."

"다 네 덕분이야. 근데⋯ 저, 정연이랑은 잘돼가고 있니?"

혹시 류성은이랑 관계가 진전되면 그래도 된다고 말하려고 했는데 너무 뜬금없는 것 같아 말을 바꿨다.

"여전히 숨어서 연애 중입니다. 아하~ 혹시 제가 정연이랑 헤어졌다고 생각하셨어요?"

"으, 응. 정연이가 일을 많이 하는 것 같기에 혹시나 싶어서⋯⋯."

"그건 성은이와의 연극이 끝나면 잠정 은퇴한다고 그 전에 질리도록 하는 거래요."

"⋯그래? 그 애와 결혼할 생각이니?"

"아직은 모르겠어요. 2017년까진 결혼할 생각이 없거든요. 그 전에 헤어질 수도 있는데 미리부터 생각하면 뭐하겠어요."

"남녀 관계란 언제 어떻게 될지 모르니 그럴 수 있지."

김철이 최정연에 대해 죽자 사자 매달리는 것 같지는 않아 속으로 안도의 한숨을 쉬었다.

"한데 무슨 일로 보자고 하셨어요?"

"그냥. 고맙다는 인사도 할 겸 얼굴이나 볼까 하고. 식사나 주문할까?"

신지영은 결국 말을 꺼내지 않기로 했다.

섣불리 말했다가 둘 사이가 나빠지기라도 한다면 그땐 겨우 좋아지고 있는 류성은과의 관계가 틀어질까 저어해서였다.

'말을 하는 것보다 오히려 둘만의 시간을 만드는 것이 더 좋을지도.'

신지영이 무슨 생각을 하는지도 모른 채 김철은 종업원에게 음식을 주문했다.

*　　　　*　　　　*

출발할 때까지만 하더라도 눈 내리는 바다를 보며 즐거워하던 여지민은 배가 출발한 지 1시간도 되지 않아 멀미로 인해 기절 직전에 이르렀다.

"후루룩! 후루룩!"

스타일리스트, 경호원, 공연팀, 제작팀의 후발대까지 모조리 시체놀이를 하고 있는데 오직 한 사람만 맛있게 컵라면을 먹고 있었다.

"…매니저 오빠. 먹는 건 다른 데 가서 좀 먹으면 안 될까? 내 위액이 보고 싶지 않다면 말이야."

"아, 미안! 식당에서 먹으려다 네가 걱정돼서."

"오빠가 걱정한다고 멀미가 나을 것 같진 않아. 오빤 저기 계신 선배님들이나 좀 챙겨줘."

김철이 미니콘서트를 부탁한 곳은 섬이었다.

아무리 대한민국에서 모르는 사람이 없다는 여지민이라고 해도 섬에 계신 연세 있는 어르신들에겐 그저 TV에서 본 적 있는 처자 정도일 게 분명했다. 그래서 제법 인지도가 있는 두 명의 트로트 가수를 섭외해서 함께 가고 있는 중이었다.

음식 냄새를 풍기며 좋지 않은 속을 뒤집던 임병호를 다른 곳으로 보낸 여지민은 아예 의자에 누웠다.

'오빠는 인구 전체가 모여도 얼마 되지 않는 섬에서 왜 콘서트를 하라는 건지……'

길거리에서 공연을 하라 해도, 한 사람을 앞에 두고 공연하라고 해도 할 수 있었다.

물론 섬에서 하라고 할 때도 두말하지 않고 하겠다고 했었다. 그러나 지독한 멀미는 김철을 향한 절대적인 충성심마저 흔들리게 하기 충분했다.

그러나 곧 스스로의 생각에 화들짝 놀라며 자책했다.

'지민아, 지민아. 네가 배가 불렀구나. 고작 멀미에 오빠를 의심하다니. 정신 차리자! 그나저나 오빠 생각을 하니 좀 나

아지는 것 같다. 오빠 성년이 된 나를 어떻게 봐주실까?'

여지민이 김철을 자신의 뮤직비디오에 출연시키려고 한 이유는 간접적으로 마음을 표현하기 위해서였다.

그녀는 어제 출발했다는 김철을 곧 보게 될 거라는 생각에 멀미를 조금이나마 잊을 수 있었고 무사히 섬에 도착할 수 있었다.

평범하고 전형적인 섬마을이지만 앞으로는 눈 내리는 겨울 바다를, 뒤로는 눈꽃을 피운 나무들로 가득한 언덕을 배경으로 삼으니 그림이 따로 없었다.

그러나 배에서 내리는 사람들은 땅을 밟게 되었다는 안도감과 당장 해야 할 일 때문에 풍광은 일단 뒷전이었다.

"지민아, 선발대로 온 효준이가 주민분의 집을 잠시 빌렸다고 하니 그리로 가자."

"…그래요."

언제나 공연할 무대부터 확인하고 머릿속으로 공연하는 걸 상상하면서 쉬는 걸 좋아하던 여지민도 오늘만은 예외였다.

녹색 지붕의 바다가 한눈에 보이는 작은 집이었다.

당장 눕고 싶다는 생각에 방으로 가려던 여지민은 마당에서 부지런히 움직이는 선발대 중 모자를 푹 눌러쓰고 마스크를 한 채 바다를 보고 있는 남자에게 눈이 갔다.

형체만 봐도 누구인 줄 알 수 있는 사내. 틈만 나면 머릿속으로 그려보는 이인데 어찌 모르겠는가.

"어? 오……!"

다가가며 알은척하려 하자 그는 벌떡 일어나 윙크를 하며 먼저 말을 했다.

"지민 씨 왔어요? 쉴 방은 저쪽입니다. 주변에 기자들이 있으니 알은척하지 마."

뒷말은 그녀에게만 들릴 만큼 작았다. 정체를 숨기려고 하는 이유가 있을 거라는 생각에 모른 척했다.

"아… 예."

방에 들어서자 그제야 김철은 마스크를 벗곤 여느 때처럼 웃으며 말했다.

"이야! 어떻게 단번에 알아봤냐?"

"좋… 그, 그냥 오빠 줄 알겠던데요."

좋아해서라고 말하려던 여지민은 뜬금없는 고백은 좋은 효과를 거둘 수 없다는 생각에 재빨리 얼버무렸다.

"이거야 원, 숨기려 해도 숨길 수 없는 아우라 같은 것이 있는 건가?"

"……."

"이 녀석이! 농담한 걸로 그리 정색하면 되겠냐? 그나저나 못 본 사이에 아우라는 지민이 너한테 생긴 것 같다. 엄청 예뻐졌네?"

언제나처럼 살짝 머리를 쓰다듬으려는 모습에 살짝 미소 지으며 쓰다듬기 좋으라고 머리를 갖다 댔다. 한데 기다려도 그의 손길이 느껴지지 않아 쳐다보니 머리 바로 앞에서 손이 멈춰 있다가 물러나고 있었다.

"이크! 습관적으로 쓰다듬을 뻔했네. 이젠 다 큰 숙녀의 머리를 쓰다듬으면 안 되지."

'돼요!'라고 말하려는데 김철이 먼저 말을 이었다.

"네 콘서트 보러 오긴 했는데 알려져선 안 돼서 이렇게 변장하고 있는 것이니 모른 척해라."

"…네."

"멀미 심했지? 하필 이렇게 눈이 오는 건지. 그만 쉬어라. 오빠 공연 시작하면 조용히 보고 조용히 떠날 테니까."

"오, 오빠!"

할 말을 마치고 돌아서는 김철을 불렀다.

잠깐만 같이 있어주면 안 되냐고 말하려던 그녀는 곧 생각을 바꿨다.

"…뮤직비디오에 출연해 주셔서 고맙다고요."

"별소릴 다 한다. 그럼 그때 보자."

손을 흔들고 나가는 그를 물끄러미 바라보고 있던 여지민은 김철만 보면 바보처럼 구는 자신을 가볍게 탓하며 누군가가 깔아둔 이불에 몸을 파묻었다.

'기분 좋다……'

멀미는 사라져 있었다. 한데 따끈따끈한 아랫목 때문인지 이번엔 피곤함이 몰려왔다.

'무대를… 확인해… 야 하는……'

어느새 여지민은 가볍게 코를 골며 잠이 들었다.

누군가가 항구에 내렸을 때부터 따라와 그녀가 잠든 방을 지켜보고 있음을 모른 채.

제7장

그가 전달하고자
한 것

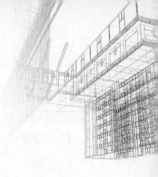

"어이, 무 씨. 거기서 뭐 해?"

원래 타고난 건지, 바닷바람에 타서인지 한겨울임에도 까무 잡잡한 피부의 중늙은이는 자신을 부르는 소리에 화들짝 놀라며 돌아봤다.

"뭐여? 행사한다고 들어온 사람들 보고 있었던 거야? 예쁜 처자라도 보이는가?"

말을 걸어온 이는 이 섬에서 나고 자란 어부로 간혹 일손이 필요할 때 도와줘서인지 사람을 꺼리는 무 씨라 불리는 중늙은이가 친하게 지내는 몇 안 되는 사람 중 한 명이었다.

"…아, 아뇨."

무 씨는 느릿하게 대답을 한 후 고개를 꾸벅 숙인 후 걸음을 옮겼다.

"원 사람하곤. 오후 2시부터 3시 30분까지 행사한다고 했으니 자네도 와. 수육이며 잡채며 꽤 걸게 준비한 모양이더라고."

"…일이 있어서."

"이렇게 눈이 오는데 일은 무슨 일. 쯧쯧! 하여간 저렇게 쑥스러워하니 이곳에 온 지 2년이 넘었는데도 다른 사람들이랑 친해지지 못하지."

무 씨의 행동이 마음에 들지 않는지 노인이 한마디 해보지만 무 씨는 들은 척도 안 하고 제 갈 길을 갔다.

노인이 멀어지는 소리가 들리자 무 씨는 걷던 걸음을 멈추고 조금 전에 보던 집을 바라보았다.

위치가 달라져 지붕만 보였지만 그는 마치 모든 것이 보인다는 듯 아련한 눈빛으로 바라보았다.

"이제 어른이 다 됐구나, 지민아."

무 씨라 불리는 중늙은이는 3년 전 김철에 의해 섬으로 팔려 온 여지민의 아버지 여홍구였다.

항구에 심부름 왔다가 우연히 여지민을 보고 홀린 듯이 그녀를 따라다니며 지켜보고 있었던 것이다.

말을 걸까도 했지만 화려한 모습의 그녀와 초라한 모습의 자신이 비교되어 나서지 못했다. 아니, 엄밀하게 말하자면 이런 자신의 모습이 여지민에게 해가 될 것 같다는 생각이 그의 발걸음을 붙잡은 것이었다.

찰칵찰칵!

일하는 대가로 하루 반 갑씩 주어지는 담배까지 아껴서 빚을 갚으려 해서 거의 끊다시피 한 담배를 입에 물었다.

"후우우~~~"

심란한 마음을 달래고자 피웠는데 마음은 담배 연기처럼 뿌옇고 머리만 어지러웠다.

"이런! 내 정신 봐."

여홍구는 담배를 피우고 한참이 지나서야 손에 들고 있는 비닐봉지가 느껴졌다.

눈발은 잦아들었지만 눈이 쌓여 있어 길이 미끄러웠다. 여홍구는 몇 번을 넘어지면서도 서둘러 언덕을 넘어 항구의 반대편에 있는 집으로 향했다.

"밀가루 사러 뭍에 간 줄 알았습니다."

집에 들어가자 마루에 앉아 있던 중년인이 감정 없는 목소리로 말했다.

"하, 항구가 외지 사람들로 소란스러워서 무슨 일인가 구경하다가 늦었네. 춘삼이, 미안허이. 얼른 반죽을 하겠네."

여홍구를 2년 넘게 이 섬에 잡아두고 있는 중년인은 동네 사람들이 춘삼이라고 불렀는데 1년 전쯤부터 이름을 불러도 좋다는 허락을 받았었다.

물론 허락을 받았다고 해도 이 섬에 와서 1년 넘게 겪었던 일들이 있어서 반말과 이름을 부를 수 있게 된 건 고작 4개월 전이었다.

여홍구는 사실 오춘삼의 얼굴만 봐도 오금이 저리고 그가 말을 걸어오면 식은땀이 날 정도로 두려워하고 있었다.

"국물과 야채는 다듬어놨으니 그냥 반죽해서 뜯어 넣기만 하면 될 겁니다. 참, 아저씨 먹을 만큼만 넣으십시오."

"…왜?"

1년 동안 잠잠하던 성깔이 또 터지나 싶어 움찔했지만 오춘삼은 주섬주섬 옷을 챙겨 입고 있었다.

"어디 가나?"

"만나자는 사람이 있어서 뭍에 나갔다 올 생각입니다. 10시쯤 들어올 것 같으니 저녁은 혼자 드십시오."

"그러겠네."

"행여나 쓸데없는 생각 마십시오. 전 지금이 마음이 편합니다."

혹시 도망가려다 걸리면 예전으로 돌아가겠다는 말에 여홍구는 화들짝 놀라며 말했다.

"절대 그런 일은 없을 거야! 나 역시 예전으로 돌아가고픈 마음은 추호도 없네."

한번은 일도 힘들고 심적으로 힘들어 그가 잠시 자리를 비운 틈을 타 탈출을 감행한 적이 있었다.

동네 주민의 배를 얻어 타고 육지까지 도착해 기뻐하던 것도 잠시, 그곳에서 낯선 사람 몇 명에게 다시 끌려왔었다.

그때부터 지옥이 시작되었다. 이 주일간 그는 갖가지 고문을 당해야 했고 죽을 만큼 힘들었던 뱃일이 얼마나 편한 일인지를 알게 되었다.

"믿어보겠습니다."

"오늘 파도가 조금 거치니 조심히 다녀오게."

여흥구는 오춘삼이 배를 타고 육지로 떠나는 것을 본 후에야 점심을 준비했다.

'2시부터라고 했었지?'

오춘삼이 있었다면 언감생심 생각도 못 했겠지만 그가 육지로 나갔다고 생각하니 여지민이 공연하는 걸 보고 싶어졌다.

'어차피 오늘 쉬는 날이니 설령 일찍 온다고 해도 뭐라 하지 않겠지.'

그리 살가운 부녀지간이 아니었음에도 일단 딸아이를 머릿속에 떠올리자 보지 않고는 못 견딜 것 같았다.

후다닥 식사를 마치고 설거지까지 깨끗이 끝낸 그는 가지고 있는 옷 중 가장 깨끗한 옷으로 갈아입고 항구를 향해 출발했다.

"무 씨, 여기야, 여기. 이쪽으로 와서 고기 한 점 해. 공연도 곧 시작한다는구먼."

아까 그에게 시간을 가르쳐 준 노인이 벌써 술을 많이 마셨는지 벌겋게 상기된 얼굴로 여홍구를 불렀다.

여홍구가 무 씨로 불리게 된 건 누가 물어도 입을 꼭 다물고 이름을 말하지 않아서였다.

그에 누군가가 무명씨라고 말을 했고 그게 그의 실제 이름인 줄 알고 무 씨라고 부르는 사람들이 생기면서 자연스레 '무 씨'가 된 것이었다.

"전 여기에 앉겠습니다."

거동할 수 있는 사람들은 모두 모였는지 무대가 마련된 마을 회관 마당엔 많은 이들로 북적이고 있었다.

여홍구는 언제라도 얼굴을 가릴 수 있게 천막 기둥에 겹쳐지는 곳에 앉았다.

"여어~ 총각. 여기 사람 한 명 더 왔으니 고기 좀 더 갖다 줘."

"예예, 어르신!"

마을 주민들 사이로 젊은 청년들이 연신 술과 고기를 나르고 있었다.

"…난 술 안 마셔요."

청년이 여홍구 앞에 술을 놓자 그는 질색을 하며 술을 다른 상으로 줘버렸다.

그가 지금처럼 노예가 된 것이 어떻게 본다면 술 때문 아닌가.

"안녕하십니까, 여러분. 오늘 사회를 맡게 된 개그맨 서영래입니다. 준비한 것이 많으니 천천히 드시면서 편안하게 즐겨주시기 바랍니다. 자, 그럼 일단 가수들이 준비를 하는 동안 저랑 재미있는 게임 하나 하시죠. 생활에 필요한 좋은 선물들을 준비했으니 욕심나는 분들은 손을 들고 참여해 주세요."

사회자는 공연 시작 전 마이크를 잡고 분위기를 띄웠다. 선물은 아주 비싼 건 아니었지만 손든 사람이라면 하나씩 챙길 수 있을 정도로 넉넉했다.

"자! 준비가 다 됐다니 바로 시작하겠습니다. 방금 아시아 순회공연을 마치고 돌아온 '사랑한다, 오빠야'를 부른 가수 소예진 씨를 모십니다. 박수로 맞이해 주시기 바랍니다."

사회자가 띄워둔 덕분에 그리 알려지지 않은 트로트 가수가 나왔음에도 주민들의 호응은 대단했다.

'드디어 나오는구나.'

두 명의 트로트 가수가 더 나왔고 사회자의 선물 공세가 한 번 더 행해진 후 여지민의 차례가 되었다.

트로트 가수보다 오히려 주민들의 호응은 없었지만 아이들과 소수의 젊은이들의 절대적 환호를 받으며 무대에 오른 그녀는 슬픈 노래보단 밝은 노래를 주로 불렀다.

여홍구는 한순간도 놓치지 않겠다는 듯 눈 감는 것도 최소한으로 한 채 여지민을 바라보았다. 그리고 그녀가 공연을 끝내고 무대를 내려가자 바로 자리에서 일어났다.

"무 씨, 지금 가나?"

"…네. 내일 새벽에 일하러 나가니 지금 가서 한 번 더 점검해야죠."

"클클! 자네도 이제 어부가 다 됐군. 들어가게."

마을 회관에서 나온 여홍구는 항구가 보이는 언덕으로 올라갔다.

육지로 가는 마지막 배편이 4시 30분이라 공연을 끝낸 여지민은 여러 명의 사람들과 항구 근처에서 서성이고 있었다.

"삼 년 뒤에 떳떳이 널 볼 수 있었으면 좋겠구나."

여홍구는 손가락 한 마디 정도로밖에 보이지 않는 여지민을 향해 중얼거렸다.

공연을 보면서 여지민에게 달려가 알은척을 하고 이 기회에 도망갈까 하는 생각을 했었다.

여지민을 취재하러 온 기자들까지 있는 상황에서 오춘삼이 아무리 조직폭력배를 안다고 해도 섣불리 나서지 못할 것이라 확신이 있었다. 게다가 얼마 전 TV에서 작년 한 해 수백억을 벌었다는 기사가 날 정도였으니 1억쯤은 손쉽게 갚아줄 것이 분명했다.

그러나 나서지 못했다.

―당신이 제 아버지가 맞나요?

섬으로 오기 전 그녀와 마지막으로 통화했을 때 들었던 말이 떠올랐기 때문이었다.

그동안 일에 쫓기다 보니 크게 생각한 적이 없었는데 막상 구해달라고 하려고 보니 자신 스스로가 참으로 염치가 없음을 느끼게 된 것이다.

아버지로서 해준 것이 없다는 것을 상기한 그는 그 순간 도망가는 것을 포기했다.

그리고 자신이 저지른 일, 자신이 모두 마무리하고 자신의 돈으로 밥 한 끼라도 사줄 수 있을 때까지 만남을 미루기로 했다.

"멀미 조심하고 잘 가렴, 내 딸아."

여홍구는 여지민이 배를 탈 때까지 기다렸다가 배가 출발하자 손을 흔들었다.

그 혼자만의 작별 인사는 배가 수평선 너머로 사라질 때까지 계속되었다.

"…일어나세요. 어젯밤에 늦게까지 뭘 했기에 알람도 못 듣고 자고 있는 겁니까?"

오춘삼의 목소리에 반사적으로 눈을 뜬 여홍구는 시간을 확인하고 자리를 박차고 일어났다.

여지민을 만나서인지 밤늦게까지 뒤척였다. 그래서인지 알람 소리도 듣지 못한 것이다.

"미, 미안하네. 얼른 준비하겠네."

새벽 4시 출발이라 적어도 3시까진 일어나 출항 준비를 마치고 오춘삼을 깨웠어야 하는데 벌써 4시였기에 비몽사몽간에도 얼른 옷을 입었다.

"준비는 해뒀으니 옷만 단단히 입고 나오세요."

오춘삼이 일찍 일어나 출발 준비를 한 모양이었다.

'평탄치 않은 하루가 될 것 같군. 조심해야겠어.'

오춘삼은 담담하게 말했지만 여홍구에겐 마치 '두고 보자'라는 말처럼 들렸다.

옷을 입고 나가자 배에 시동이 걸려 있었다. 배에 올라 할 일이 없나 두리번거리는데 오춘삼이 말했다.

"세 시간쯤 걸릴 테니 방에 들어가서 자요."

"…괜찮네."

"오늘 힘든 하루가 될 겁니다. 그러니 나중에 피곤하다고 실수하지 말고 자라고 할 때 자요."

드물긴 하지만 어장으로 나가는 길에 오춘삼이 자라고 할 때가 있었다. 그런 날은 바다에 뛰어내리면 편할 텐데 하는 생각이 들 정도로 힘들었었다.

예의 차릴 때가 아니라고 생각한 여홍구는 부엌을 겸해 만들어둔 작은 방에 들어가 몸을 뉘었다. 그리고 눕자마자 코를 골며 잠이 들었다.

빵빵! 빠아아아아앙!

시끄럽게 울리는 자동차 경적 소리 소리에 눈을 떴다.

순간 몇 가지 의문이 생겼다.

'뭐지? 왜 이렇게 밝아? 게다가 바다 한가운데에 웬 자동차? 흔들림도 없고.'

또다시 실수를 한 건 아닌가 싶어 나갔더니 해는 중천에 떠 있었고 배는 웬 항구에 정박을 하고 있었다.

빵빵거리는 차량은 활어차로 옆에 정박한 배에 자신들이 왔음을 알리기 위해 경적을 울린 모양이었다.

'오춘삼은 어디… 저기 있군.'

오춘삼은 모자와 마스크를 한 사내와 얘기를 하는 중이었다.

갑작스러운 상황에 어리둥절해하던 여홍구는 혹시 자신을 팔아넘기려는 건가 싶어 떨리는 목소리로 오춘삼을 불렀다.

"오 선장. 이게… 다 무슨 일이야?"

오춘삼이 성큼성큼 다가오더니 말했다.

"내려요. 이제 작별의 시간입니다."

"……!"

예상이 맞았다고 생각한 여홍구는 당황한 얼굴로 말을 이었다.

"오, 오 선장. 무, 무슨 일인지 모르겠지만 일단 대화로 하자고. 그래도 2년 넘게 지냈는데 미리 얘기라도 해줬으면 뭔가 해결할 방법이……."

"훗! 제가 다른 사람한테 아저씨를 팔아넘기는 줄 아시나 보군요. 아니니까 얼른 내려요. 오늘부로 아저씨는 자윱니다."

"…자유?"

"어제 딸이 왔는데 왜 도망가지 않았습니까?"

"그건……."

"아무튼 의뢰한 놈이 테스트를 했고 아저씨는 그 테스트에 통과한 겁니다. 자세한 건 저기 있는 놈한테 듣고 내려오세요. 뭐, 저랑 계속 어부 생활 하고 싶으면 그대로 있어도 상관 없고요."

뭐가 어떻게 돌아가는지 어리둥절하면서도 한 가지는 확실히 알 수 있었다. 더 이상 어부 생활을 하지 않아도 된다는 것.

"가, 가려고?"

여홍구가 배에서 내리자 오춘삼이 배에 올랐다.

"일 끝났으니 가야죠. 혹시 다음에 보더라도 알은척하지 마세요. 사실 서로 얼굴 맞대고 얘기할 사이는 아니지 않습니까."

"그래도 갑자기 헤어진다니… 서운하구면. 아무튼 그동안 고마웠네. 자네 덕분에 사람이 됐어."

"후후후! 이 짓을 하면서 고맙다는 인사를 듣게 될 줄은 생각도 못 했네요."

"아냐, 진심이야."

"쩝! 하여간 아저씨도 참 별나네요……."

오춘삼은 쑥스러운지 머리를 긁적거리며 여홍구의 시선을 피했다.

"아무튼 제 손을 거쳐 간 사람 중에 유일하게 산 사람이니 한마디 해드릴게요. 두 번 다시 노름하지 마세요. 그땐 저를 거치지 않고 바로 바닷속이나 땅속으로 들어가게 될 겁니다. 저기, 저 인간 한 번의 기회는 주지만 두 번의 기회는 안 줘요."

"…저기 저 사람?"

"제가 이 말 했다는 건 비밀입니다. 그럼 전 돈을 벌었으니 해외여행이나 다녀와야겠습니다. 행복하세요. 야! 간다."

지옥의 사자인 양 무섭던 오춘삼은 마음씨 좋은 사람마냥 웃곤 여홍구와 마스크 사내에게 작별 인사를 하고 떠났다.

여홍구는 떠나는 배와 마스크 사내를 번갈아 보다가 선택의 여지가 없었기에 사내에게 다가갔다.

*　　　*　　　*

우울하다.

작년에 시도한 총 4번의 공격이 모두 실패해서 그런 것은 아니었다. 실패는 병가지상사라고 있을 수 있는 일이었다.

그러나 일어나서는 안 될 일이 일어나 버렸다.

에너지의 끝이 보이기 시작한 것이다.

현재는 발끝에서부터 눈까지 에너지가 차 있는 상태로, 착한 일을 한다고 에너지가 채워지는 것이 아니었기에 2017년까지 버틸 수 있을지도 걱정이었다.

'이거야 원. 딜레마도 이런 딜레마가 있을까……'

대한민국의 미래를 바꾸려 했던 건 거부할 수 없는 운명이기도 했지만 솔직히 멋지게 바뀐 인생을 살아보기 위함이기도 했다.

그런데 지금은 계속해서 노력하자니 에너지가 떨어져 죽을 것 같고 그렇다고 가만히 있자니 맡은 바 임무를 완수하지 못했다고 죽을 것 같았다.

한마디로 이도 저도 못 하는 상황이라는 얘기였다.

담배, 정확하게는 입담배인 시가가 피우고 싶다.

건강하게 오래오래 살 거라고 담배도 끊고 운동도 열심히 했지만 이젠 포기했다. 그리고 이왕 다시 피우기로 한 거 돈도 주체하기 힘들 만큼 많으니 맛있는 것으로 피우기로 했다.

한데 일부러 사람들 시선을 피하고자 모자에 마스크까지 쓰고 있는데 시가를 꺼내 무는 건 좋은 생각이 아니었다.

"…저어~"

오춘삼과 얘기가 끝났는지 여홍구가 말을 걸어왔다.

난 가타부타 설명 없이 일어서며 말했다.

"따라오십시오."

애기할 시간은 많았다.

"…차에 탑니까?"

"네. 바다는 보기도 싫을 테니 일단 이곳을 벗어나서 점심을 먹기로 하죠."

"괜찮습니다."

"에이~ 다 먹고살자고 하는 짓인데 그럼 되겠습니까? 그리고 주무시느라 아침도 굶지 않았습니까?"

여홍구는 모르겠지만 나 역시 오춘삼의 배를 타고 왔다. 8시쯤 이곳 항구에 도착해 바로 깨울까 하다가 너무 맛있게 자는 모습에 지금까지 기다린 것이다.

적당한 점심을 먹고 이번엔 사우나로 데리고 갔다.

"때도 벗기고 머리도 깎으세요. 옷은 이걸로 갈아입으시고요."

옷이 든 쇼핑백과 돈을 쥐여주고 사우나로 들여보낸 후 그가 나오길 기다렸다.

1시간쯤 지나자 그는 사우나에서 나왔다.

2년이 넘게 해풍을 맞으며 고생한 이가 목욕과 머리를 했다고 해서 얼마나 멋있어지겠냐마는 그래도 예전 노름을 할 때보다는 말끔해 보였다.

"한데 도대체 일이 어떻게 돌아가는 건지……. 오 선장 말로는 더 이상 일을 안 해도 된다고 하던데. 그럼 나머지 빚은 어떻게 되는 겁니까? 설마 딸아이에게 받은 거라면 제가 일을 해서 갚겠습니다."

차가 고속도로를 타고 신나게 달릴 때쯤 그는 궁금함을 참지 못하고 입을 열었다.

딸에게 자신의 빚을 떠넘기려던 사람이 맞나 싶을 정도로 많이 바뀌었다.

여홍구의 소식은 섬으로 보낸 후 분기마다 한 번씩 오춘삼을 통해 듣고 있었다. 그러다 작년부터 제법 사람다워졌다는 얘기를 들었고, 그렇다면 더 이상 그를 괴롭힐 이유가 없었기에 테스트를 한 것이다.

테스트 결과는 합격이었다.

그가 최소한 예전과 같은 삶은 살지 않을 것이라고 생각이 들어 풀어주기로 했다.

난 그에게 이러한 내용을 말해주었다.

"아무튼 두 번 다시 자신과 가족을 망치는 일은 하지 않기 바랍니다."

"절대 없을 겁니다."

여홍구는 결연하게 말했고 난 고개를 끄덕이는 걸로 수긍했다.

내 앞날도 모르는데 그가 미래에 다시 노름에 손을 댈지 말지에 대해 생각할 머리는 없었다.

어색한 침묵도 잠시 여홍구가 조심스레 물어왔다.

"…근데 지금 말하시는 분 김철 씨 맞으시죠? 그날 차를 운전했었던?"

이렇게 단번에 알아볼 줄이야. 변장은 도대체 왜 한 건지
모르겠다.

"헐~ 알고 계셨습니까?"

"TV에서 볼 땐 긴가민가했는데 지금 목소리를 들으니 그날
그 사람임을 확신할 수 있었습니다."

"하하……. 고소는 하지 말아주십시오. 안 그래도 요즘 좀
복잡합니다."

"아, 아닙니다. 제가 무슨 염치로 그러겠습니까. 그저 지민
이가 행복하게 살게 해주셔서 감사하다고 말하고 싶었습니다.
감사합니다."

여홍구는 고개까지 숙이며 감사를 표했고 난 쑥스러움에
머리를 긁적거렸다.

사실 따지고 보면 여지민의 기억을 읽어 오지랖 넘게 참견
한 것에 불과했다.

"다 왔습니다. 내리세요."

"여긴 또 어딥니까?"

도착한 곳은 용인 한국 민속촌 근처에 있는 아파트로 여지
민이 그녀의 어머니에게 사 준 집이 있었다.

"104동 2201호입니다."

어디인지 짐작을 했는지 여홍구는 말이 없었다.

"아까 배에서 자고 있을 때 지민이에게 연락을 해뒀습니다.

지금쯤 부인분과 함께 기다리고 있을 겁니다."

"지금 당장은……. 최소한 사람답게 되었을 때 나서는 것이 좋을 것 같습니다. 그것이 아니라면 며칠만이라도 생각할 시간을……."

"이미 2년을 넘게 생각하셨을 텐데요? 그냥 가서서 할 말을 하십시오. 용서를 받지 못한다면 용서를 받을 때까지 노력하십시오."

"……."

"제 일은 여기까지입니다. 집에 들어가고 말고는 아저씨의 몫이니 알아서 하십시오. 내리세요."

단호하게 말하자 그는 마지못해 내렸다.

내 일이 아니라고 선을 그었지만 잠깐 서서 그가 하는 양을 지켜보았다.

104동 앞에 위치한 자전거 보관소 근처에서 안절부절못하길 15분, 출입문 앞으로 다가갔다. 그리고 다시 번호를 누를까 말까 갈팡질팡했다.

"눌러라, 쫌!"

답답함에 혼잣말로 외쳐보지만 제법 거리가 있어 들릴 리 만무했다.

그가 출입문에서 다시 자전거 보관소로 돌아가는 순간 난 더 이상 참지 못하고 여지민에게 전화를 걸었다.

"네 아버지 104동 출입문 앞에서 30분째 서성이고 있다."

―…모시러 내려갈게요. 감사해요, 오빠.

"많은 얘기를 하고 많이 들어주렴."

전화를 끊고 잠시 기다리자 다시 출입문으로 다가가 어슬렁거리던 여홍구는 갑자기 여지민이 나오자 당황해 어찌할 바를 모르다가 돌아서서 도망가려 했다.

그러나 여지민이 뭐라고 소리치자 얼어붙은 듯 섰다. 제법 멀었지만 여지민이 눈을 자꾸 훔치는 것이 울고 있음을 알 수 있었다.

그녀는 천천히 다가가 여홍구의 팔을 잡았고 그는 곧 힘없이 그녀에게 끌려 안으로 들어갔다.

"해피엔딩이길 바라마."

문이 닫히는 걸 보며 중얼거린 후 기어를 D로 놓고 액셀러레이터를 밟았다.

*   *   *

"힘이 많이 없어 보여요."

최근 회사가 커지면서 스카우트되어 온 스타일리스트가 분장을 하며 말했다.

"좀 그래요. 힘이 넘쳐 보이게 해주세요, 누나."

서른다섯으로 결혼까지 한 이였다.

"피~ 누나라고 해서 그렇게 해주고 싶은데 불가능한 주문이네요. 대신 이걸 줄 테니 힘내요."

그녀가 분장대 앞에 놓아준 건 자양강장제였다.

"서방님 줄 걸 저한테 주는 거 아닙니까?"

"쓰지도 못하는 인간한테 줘서 뭐해요. 때마다 좋다는 거다 먹는데도 변기만 막힐 뿐이에요."

"하하하! 저도 이거 먹고 변기를 막아봐야겠네요. 고맙습니다."

재미있는 여자였다. 머리까지 2시간은 족히 걸리는 분장이 오늘처럼 짧게 느껴지기는 처음이었다.

다음에도 부탁한다고 말한 후 한창 촬영이 진행 중인 스튜디오로 나갔다.

4분가량의 뮤직비디오 촬영이지만 여지민의 4집 정규앨범 타이틀곡이라는 점 때문에 꽤 많은 제작비가 투자됐다. 또한 스튜디오 촬영뿐만 아니라 야외촬영도 이틀이나 잡혀 있었다.

"노래 좋네."

여지민은 노래에 맞춰 입을 방긋거리며 춤을 추고 있었는데 왠지 어색해 보였다.

춤이 문제가 아니었다.

섹시함을 강조한 꽃무늬 짧은 원피스에 짙은 립스틱, 거기에 다리가 길어 보이게 하기 위해 신은 힐 슈즈가 어린 여학생이 어른처럼 보이고자 노력하는 것처럼 비쳐지게 했다.

'하지만……. 내가 너무 어리게만 봐서 그렇게 보이는 건지도.'

나를 제외한 남자 스태프들은 눈이 초롱초롱해서 보고 있었다.

물론 회사 최고 스타의 촬영 현장을 답사 온 이민기 사장도 예외는 아니었다.

"철이 네가 보기엔 지민이 어때? 성인이 되었다는 것만 보여주려던 의도였는데 저 정도면 여느 섹시 여가수보다 낫지 않아?"

사장이 되면서 이민기 사장은 나에게 자연스럽게 반말을 사용했다.

귀여운 국민여동생, 혹은 국민남동생으로 사랑받는 이들의 가장 큰 적은 나이였다.

얼굴이 남자답게 혹은 성숙한 여성스럽게 바뀌지 않으면 뒤에서 치고 올라오는 더 어리고 귀여운 아이들로 인해 차츰 잊히게 마련이었다.

나이 서른인데 여전히 국민여동생으로 남을 순 없지 않은가.

그래서 동생 캐릭터로 사랑받던 이들은 성인이 되면서 혹은 나이가 더 들기 전에 연기의 폭을 넓히거나 섹시함을 강조한 노래를 불러서 이미지를 바꾸려고 노력했다. 비록 성공할 가능성이 드물긴 하지만 말이다.

여지민도 마찬가지였다. 한창 잘나가고 있는 이때 위험 부담이 있는 시도이긴 하지만 자칫 시기를 놓치면 더 힘들 수 있었기에 나 역시 이번 앨범에 대해 반대하지 않은 것이다.

'원래 여지민은 섹시미를 강조한 여가수였으니까요.'

불행했던 과거엔 속살이 훤히 보이는 옷을 입지 않았음에도 섹시 여가수로 이름을 날렸었다.

"글쎄요, 전 잘 모르겠습니다. 다만 퇴폐미는 없어서 마음에 드네요."

"헐~ 고작 만으로 열아홉인 애한테 퇴폐미라니. 요즘 삶을 너무 퇴폐적으로 사는 거 아냐?"

"휴우~ 그렇게 사는 것도 나쁘지 않겠네요."

"세상 모든 걸 가진 놈이 한숨은. 아무튼 난 가볼 테니까 촬영 잘해라. 근데 보내준 대본은 읽어봤냐? 전수현 씨가 네가 한다면 생각해 본다고 했대."

"그딴 속임수에 안 넘어가거든요."

"진짜야! 아님 네가 전화해 보든가."

"됐습니다. 이제 제 차례인 것 같네요. 들어가세요."

매니저 석도민이 시간이 되었다고 손짓을 하고 있었기에 이민기 사장에게 인사를 하고 여지민과 감독이 얘기 중인 곳으로 갔다.

"오늘 찍을 것은 크게 보면 한 컷입니다. 노래 가사에 나오는 대로 연인과 행복한 시간을 보낸다는 것이 주 내용이므로 편하게 커피도 마시고 얘기도 하고 장난도 치고 하시면 됩니다. 물론 연인이니 마련해 둔 침대에서도 약간의… 아시죠? 하하하! 필요한 것이 있으면 저희가 지시를 내리겠습니다."

뮤직비디오의 경우 오디오가 들어가는 것도 아니었기에 아무 얘기나 해도 상관없었다.

"저 어때요, 오빠? 화장이 너무 진하거나 이상하지 않아요?"

"연습생 때의 모습이 익숙해서인지 약간. 하지만 예뻐. 나이도 들어 보이고."

"히잉~ 왠지 늙어 보인다는 말처럼 들리는데요?"

"늙어 보이는 얼굴로 애교 부리지 마라. 마음 설렌다."

여지민이나 나나 대단한 연기파 배우는 아니지만 그래도 나름 연기를 해서인지 연기 반 장난 반으로 어렵지 않게 촬영을 이어갔다.

"이얍!"

"꺅! 여자를 이렇게 패대기치는 사람이 어디 있어요. 호호호!"

침대 장면이 조금 쑥스럽긴 했지만 장난을 치면서 자연스럽게 옮겨 갈 수 있었다.

"헐! 그렇다고 오빠를 발로 차냐? 이게!"

"꺄하하하하! 간지러워요!"

남녀가 누워서, 그것도 서로의 몸과 몸이 밀착된 상태에서 장난을 치다 보면 묘해지는 순간이 있었다.

"자연스럽게 연기해."

여지민이 순간 움찔했지만 살짝 윙크를 하며 속삭이는 내 말을 들었는지 금세 사랑하는 남자를 바라보는 눈빛으로 날 바라보았다.

'근데 왜 컷 사인이 안 나와?'

대본에 대화는 없었지만 어떻게 진행될지에 대한 설명은 있었다. 내 기억이 맞는다면 은은하게 바라보는 것으로 끝이었다.

은은한 눈빛으로 바라보는 것도 1, 2분이지 연속되는 행동이 없으니 감정 몰입이 점점 깨지고 있었다.

일어나야겠다고 생각하는 순간 여지민의 양팔이 목을 감싸왔다. 그리고 향긋한 꽃 내음을 풍기며 속삭였다.

"…사랑해요, 오빠."

"……!"

여지민이 입을 맞췄다.

돌발적인 행동? 대본이 바뀌었나? 화들짝 놀라 일어나면 더 이상하겠지? 야! 연기야! 혀를 왜……!

수많은 생각들이 머리를 스쳐 지나갔다.

한 가지 확실한 것은 여기서 내가 당황한 듯 행동하면 여지민뿐만 아니라 모든 사람이 어색해진다는 점이었다.

난 드라마의 키스 장면을 찍는다 생각하기로 했다.

"컷! 아주 좋습니다!"

감독의 오케이 사인이 떨어졌다.

"···하아~"

입을 떼자 낮은 소리로 거친 숨을 내쉬는 여지민의 위에서 일어났다.

"고생했다. 어떻게 나왔는지 한번 볼까?"

주위를 환기시키듯 큰 소리로 말한 후 감독이 있는 곳으로 가 찍힌 영상을 확인했다.

멋진 영상이었지만 이제 성인이 된 여지민의 뮤직비디오에 담기엔 무리인 것 같았다.

"이 키스 장면은 안 쓰는 게 좋을 것 같습니다."

"왜요? 연기도 좋았고 꽤 잘 나왔는데요."

"지민이 삼촌팬들이 절 죽이려 할 겁니다."

"김철 씨가 그리 생각한다면 어쩔 수 없지만 그렇게 나쁘지 않은데······."

감독은 아쉽다는 듯 재생하고, 되돌리고, 멈추기를 반복하며 영상을 확인하며 중얼거렸다.

사진처럼 멈춰 있던 키스 장면이 재생되는 것을 본 난 지금까지 풀리지 않았던 사실을 한 가지 알아낼 수 있었다.

'아! 손지예의 기억 속 사진은 멈춰 있는 동영상이었어!'

*   *   *

"아까 한 말 진심이었어요."

내 몫의 촬영이 끝나고 서둘러 집으로 가려는데 마중 나온 여지민이 말했다.

"알아. 키스할 때 느꼈어. 고마워. 하지만 나한텐 동생 그 이상도 이하도 아니라는 거 알고 있지?"

"너무나도 잘 알아요. 그러나 언젠가 제 차례가 오는 날이 있지 않을까요?"

"그럴 수도 있겠지. 촬영 잘하고 모레 야외촬영 할 때보자."

희망고문을 하려는 건 아니었다.

스무 살. 마음이 얼마든지 바뀔 수 있는 나이 아닌가. 그리고 그녀의 짝사랑은 앞으로 길어야 3년의 유통기한밖에 남지 않았다.

집에 도착하자 손지예와 그녀를 돌보는 가정부만 있었다.

"고생하셨습니다. 이제부터 제가 볼 테니 퇴근하셔도 좋습니다."

가정부를 보내고 샤워를 마친 난 손지예를 맞은편에 앉혔다. 그러나 쉽사리 에너지를 꺼내지 못했다.

문제는 과연 끝이 보이기 시작한 에너지를 사용해 그녀의 기억을 엿볼 필요가 있냐는 것이다.

고민은 길었지만 답은 정해져 있었다.

'어쩌면 과거의 내가 현재의 내가 지금 이런 상황에 처했을 줄 알고 남긴 것일지도 모르지.'

에너지를 뽑아 손지예에게 쏘았다.

고작 사진을 보는 데 단숨에 에너지가 소모된 것은 무의식중에 그녀의 인생을 반복해서 계속 읽어 들였기 때문이라 생각했다.

그렇게 생각한다면 에너지가 줄어든 것과 내가 손지예의 취향을 무의식중에 아는 것 또한 설명이 됐다.

그녀가 갇혀 있었던 창고의 사진으로 이동했다.

이번엔 읽는 우를 범하지 않았다.

'역시! 에너지가 소모되지 않아.'

예상은 적중했다.

그러나 에너지가 소모되지 않는다뿐이지 특별한 변화는 없었다.

잠깐 고민을 하다가 촬영장에서 봤던 재생, 앞으로, 뒤로, 멈춤 따위의 버튼들을 기억해 냈다. 그리고 그 순간 사진 밑에 작은 플레이어가 나타났다.

'빌어먹을! 과거의 나는 얼마나 많은 능력이 있었던 거야? 그리고 그 능력들은 어디로 가버린 거냐고! 아니지, 지금은 그게 중요한 게 아니지.'

뒤로 버튼을 한 번 클릭 후 재생시켰다.

—까꿍! 안녕, 아들아!

'아버지 얼굴로 장난치지 마!'

—미안. 어떻게 말할까 잠깐 고민해 봤는데 마땅한 것이 없더라고. 지금쯤 나와는 비교도 안 될 만큼 고민을 하고 있겠지?

'쇼 미 더 해답!'
기억이 내 말을 알아들을 리 없을 텐데 마치 내가 물을 것을 예상이라도 했다는 듯 말을 이었다.

—부탁하건대 생각 좀 하고 살아.

'머리 아프게 생각하며 살거든!'

—넌 아니라고 하겠지만 내가 뭔가를 알려줄 것이라고 생각하는 것 자체가 생각을 하지 않고 산다는 증거야. 그러니 제발 생각 좀 해.

마치 모든 것을 알고 있다는 듯 말하면서도 알려주지는 않고 스스로 알아내라고 하는 것이 어지간히 재수 없는 캐릭터였다.

—하지만 네 머리로 용케 내가 남긴 메시지를 보고 있을 텐데 아무 말도 안 해주면 서운하겠지? 그러나 대놓고 가르쳐 줄 순 없어. 등가교환의 법칙 잘 알잖아. 사실 내게 남은 에너지도, 남은 시간도 얼마 없거든. 후후후.

과거의 나는 이죽거리는 말투완 달리 표정에선 착잡함이 묻어나고 있었다.

하긴 곧 자신이 사라질 것임을 알고 어떻게 태연할 수 있을까.

—한 번밖에 말하지 않을 테니 잘 들어. 내가 해줄 말은……. …에너지 충전하고 들으실게요~ 하하하! 아, 참고로 지금 끊어지면 처음부터 다시 들어야 해.

'이런 씨발새끼! 네가 나고, 내가 너거든! 근데 놀리면 기분 좋냐?'

아무리 좋게 봐주려고 해도 정이 안 가는 놈이었다.

'그나저나 왜 이렇게 에너지가 많이 다는 거야?'

그의 말을 듣고 살펴보니 손지예 몸속에 있는 에너지가 바닥나기 일보 직전이었다. 에너지를 채우고 다시 과거의 내가 하는 말에 집중했다.

─그깟 에너지 아까워하지 말라고. 어차피 얼마나 있느냐는 것보다 내 말이 더 중요할 테니까.

'닥치고 얼른 얘기나 해! 그리고 에너지가 왜 중요하지 않아! 내 생명력인데.'

주절주절! 주절주절!

과거의 나는 수다쟁이였다.

모 프로그램 순위 발표할 때처럼 '60초 후에'라는 말을 어찌나 외쳐대는지 두 번이나 에너지를 더 충전해야 했다.

눈까지 있던 에너지가 명치까지 내려온 상황.

과거의 내가 도대체 뭘 바라고 내 에너지를 소모시키려고 하는 건지 몰라도 인내력에 한계가 왔다.

─…지금까지 듣고 있었다면 인내심 하나는 나의 인내심을 그대로 받은 것 같군.

'아버지 얼굴로 아버지 같은 말 하지 마! 이 씨댕아!'

정말 앞에 있었다면 내가 저세상으로 보내줬을 것이다.

한데 머리끝까지 치솟았던 화가 이어지는 그의 이어지는 말에 수그러들었다.

─네게 남긴 메시지를 받고 있다면 넌 지금까지 정확한 길로 온 거야. 아마 나라고 해도 너와 같은 상황이라면 못 했을 거야. 그리고 이 순간 네가 원하는 방향으로는 아니지만 미래는 방향이 바뀌었다. 수고했다.

'......'

'수고했어'라는 말은 드라마 촬영을 하면서도 셀 수 없을 만큼 들었고 해왔던 말이었다.

한데 과거의 나에게서 듣는 '수고했어'라는 말은 가슴을 먹먹하게 만들었다.

미래를 바꾸고자 아등바등한 시간이 주마등처럼 스쳐 지나가는 것을 보니 그동안 스스로도 생각하지 못하고 있었지만 스트레스가 많이 쌓였던 모양이었다.

나의 노력을 알아주는 사람이 있다는 것이, 비록 그게 과거의 나이고 사람도 아니었지만, 고마웠다.

─긴 시간 동안 두서없는 내 말을 들어줘서 고맙다. 내가 혹시 정말 말해줄 거라 생각했다면 넌 바보야.

'…나도 알고 있었거든! 빌어먹을 놈아!'

그가 두서없이 얘기할 때 어렴풋이 느끼고 있었다.

그는 처음부터 아무 말도 할 수 없음을 선언하고 말을 하고 있었다.

　등가교환의 법칙.

　그에겐 지불할 에너지조차 없었다.

　—이제 이 몸을 서울에 갖다 놓아야 할 시간이다. 마지막으로 한마디만 할게. …난 시간의 오류로 살았는데 넌 네 인생을 살아, 철아.

　그는 빙긋 웃으며 손을 흔들었다.

　왠지 숙연해지는 마음에 나도 돌아서서 차츰 멀어지는 그에게 손을 흔들었다.

　한데 그는 끝까지 유쾌함을 잊지 않았다.

　돌연 빙글 돌아서면서 말했다.

　—앗! 선물을 잊고 있었다. 이 영상은 펑 하고 터질 겁니다. 다섯, 넷, 셋, 둘, 하나, 펑!

　그의 손가락을 보고 있다가 그의 '펑!' 하는 소리에 손지예에게서 튕겨져 나왔다.

　"…이, 이 빌어먹을 놈이 끝까지……. 으득!"

　그의 마지막 선물은 내 에너지였다.

　명치까지 있던 에너지가 무릎까지 내려가 버렸다.

"으아……."

"꺄아아아아아아아악!"

내 고함은 여자의 비명 소리에 묻혔다.

아홉수가 오늘 폭발한 모양이었다.

"누, 누구세요? 여, 여긴 어디죠? 무슨 일인지 모르지만 절
건들지 않는 게 좋을 거… 예요."

손지예가 정신을 차렸다.

안 좋은 과거를 모두 잊은 채 깨어난 것 같아 다행이었다.

"전 나쁜 사람이 아닙니다. 지예 씨가 한동안 정신을 잃
어……."

펄럭!

난 당황해하는 그녀를 진정시키기 위해 일어나 뒤로 물러
서며 말했다.

근데 과거의 나에게 당한 일 때문에 현재 나의 상태에 대해
생각을 하지 못하고 있었다.

난 샤워를 하면 몸을 완전히 말리고 옷을 입는 걸 좋아했
다. 그래서 수건만 허리에 두르고 있곤 했는데 하필 지금도 그
런 상태였다.

그걸 인지 못 한 상태에서 적의가 없다는 것을 보여주기 위
해 두 손을 들고 일어났고 허리에 두르고 있던 수건이 떨어진
것이다.

"꺄아아아아악! 변태! 변태!"

"아, 아니……."

"저리 가! 저리 가! 저리 가!"

"헉!"

손지예는 주변의 물건을 마구 던졌고 하필이면 거시기에 정확히 맞았다.

아홉수. 아직 10개월이나 남아 있었다.

*　　　*　　　*

"고맙다. 우리나라에서 최고로 잘하는 비뇨기과를 알아뒀으니 한번 가봐라."

손지남이 고맙다는 인사를 하러 들렀다. 한데 속만 벅벅 긁는다.

"…속을 그렇게 긁으시면 재미있습니까?"

"에이~ 설마 내가 재미있어서 하는 말이겠나? 고마우면서도 미안해서 그러는 거지."

입만 미안해하고 눈은 웃고 있었다.

몸이 부들부들 떨렸지만 내 실수였는데 어쩌겠는가. 소문 안 내는 것만 해도 고마웠다.

"흠흠! 근데 듣자하니 자네 물건이 어마어마하다면서? 지예가 추로스(Churros)를 들고……. 큭큭큭! 미안해. 그 애가 얘기하던 모습이 너무 웃겨서 그만……. 하하하핫!"

행복해 보이지만 않았어도 주먹을 날렸을 것이다.

더 얘기해 봐야 짜증만 날 것 같았기에 자리에서 일어났다.

"으득! 네네! 제발 저한테 더 이상 고마워하지 마시고 행복하게 사십시오. 제가 부탁한 거 잊지 마시고요."

"왜? 시켜놓은 추로스는 안 먹고 가나? 푸하하하!"

"……."

저 영감이 웬일로 추로스를 시켰나 했더니 놀리기 위함이었다.

난 다시 한 번 이를 가는 것으로 화를 삭였다.

"이 은혜 평생 잊지 않겠네. 고맙네."

나오는 유리문에 비친 그는 일어나 고개를 숙이고 있었다.

'자신의 목숨을 살려줬을 때도 고작 고맙다고 고개만 까닥이던 양반이…….'

조폭 연합회의 회장이 고개를 숙였다고 돌아서서 놀리려다가 그냥 나왔다.

다만 앞으로 내가 살아 있는 동안 하찮은 일까지 그에게 떠맡기는 걸로 복수를 할 생각이었다.

"금방 오셨네요?"

집으로 들어가자 책을 읽고 있던 엄옥당이 일어나며 인사를 했다. 그는 이제 제법 남자다움이 물씬 풍기고 있었다.

"길게 할 얘기가 없었으니까?"

"지에 누나는 어떻대요?"

"잘 지낸단다."

"그래도 한동안 같이 지냈는데 저흴 기억 못 한다니 조금 서운하네요."

"손 영감이 놀러 오라더구나. 시간 될 때 가봐. 난 옥상에서 산책이나 하고 있으마."

"또 생각하시게요?"

대답 대신 손을 들어주는 걸로 마무리하고 옥상을 올라갔다. 엄옥당의 말처럼 생각을 하기 위해서였다.

생각의 시작은 등가교환의 법칙에서 시작되었다.

쓸데없는 말만 잔뜩 하며 내 에너지를 단 한 번 사용할 분량만 남겨놓고 사라지게 만든 과거의 나는 정말 아무것도 남겨준 것이 없었을까?

아버지의 몸을 서울로 데려다 놓기 위해 운전을 하고 가던 그가 에너지가 중간에 에너지가 떨어질 것을 예상 못 했을까?

만일 그가 날 위해 뭔가를 남겼고 그 때문에 에너지가 사라지면서 사고가 난 건 아닐까?

의문은 꼬리에 꼬리를 물었고 그가 했던 말들 꼼꼼히 살펴보기 시작했다.

그러던 와중에 또 한 가지 그가 어떤 식으로 내 에너지를 소모시켰는지도 알게 되었는데 말하는 영상 중간중간에 비어 있는 영상을 겹쳐놓음으로써 내 에너지를 급속도로 줄어들게 만든 것이었다.

여기서도 역시 의문은 생겼다.

왜 내 에너지를 소모시키려 했을까?

이렇게 의문을 기준으로 그가 한 말을 한 단어 한 단어 분석하고 다시 또 다른 의문점을 만들어내길 반복하다 보니 몇 가지 알아낼 수 있었다.

그중 하나는 그가 말한 '생각 좀 해'라는 말에 담긴 뜻이었다.

처음에는 그저 놀리기 위한 것이라 생각했는데 그의 말 중 농담이 없다는 가정을 세우자 '나는 이미 많은 사실을 알고 있다. 다만 눈치를 채지 못하고 있다'라는 뜻으로 해석이 되었다.

물론 얼토당토않은 추측일 수도 있었지만 의외로 수긍이 되는 것들이 있었다.

특히 이와 연계해서 '넌 지금까지 정확한 길로 온 거야', '이 순간 네가 원하는 방향으로는 아니지만 미래는 바뀌었다'는 말을 생각해 보자 지금까지 내가 마음속으로 품어오던 의문 하나가 풀렸다.

'내 미래는 이미 정해져 있었는가' 하는 의문 말이다.

제8장

사랑해

의심이 든 것은 2067년 류성은을 만나고 2036년으로 갔을 때였다.

2067년 검찰총장의 몸으로 들어갔을 때 류성은은 지나가는 투로 내가 어린애였던 자신과 류성철을 죽이려 할 때도 주절거렸다고 말했었다.

그땐 무슨 소린가 하고 지나갔었다.

내가 아무리 막돼먹었다고 해도 과거의 나와 달리 아무것도 모르는 어린애를 죽일 생각은 없었다.

그리고 실제로 작년에 네 번을 공격하는 동안 류성철이 미성년자이던 시대로 간 적은 한 번도 없었었다. 2027년을 제외하곤 말이다.

2027년에 가서도 실제로 내가 어린 류성철을 죽일 기회가 있었음에도 죽이지 않았었다.

한데 상황이 어쩌다 보니 납치를 해 죽이려는 사람처럼 되어버렸다.

이상했다.

내가 2067년에 간 것이 분명 먼저였는데 2036년의 일이 반영되었다?

내가 그동안 세워둔 시간의 이론에 따르면 불가능한 일이었다.

물론 이론은 이론일 뿐 사실은 아니었다. 그래서 그저 이상하다는 정도로 넘어갔다.

한데 이런 일이 한 번이 아니었다.

2085년에 류성철에게서 들었던 가전 무술을 하는 킬러는 바로 작년에 네 번 미래로 가 그와 싸웠던 나였다.

'과거의 나는 분명 정확한 길로 왔다고 말했어. 즉, 그는 내 미래가 정해져 있고 지금까진 아무 탈 없이 왔다고 말하고 싶었는지도 몰라. 한데 미래가 바뀌었다는 건 뭐지?'

"휴우~ 차차 알아가겠지."

하늘을 보니 당장에라도 눈이 올 것같이 잔뜩 흐려져 있었다.

모든 기운이 빠진 상태였다.

내가 생각지 않았던 미래로의 변화.

이 부분은 딱히 생각나는 게 없었다. 미래에 가보면 되는 일이지만 고작 한 번밖에 남지 않은 에너지를 확인하기는 아까웠다.

그러나 어렴풋이 내가 원하던 미래, 즉 대한민국의 운명을 바꾸고 아들딸 낳고 잘 사는 꿈과는 멀어졌다는 것을 알 수 있었다.

"내 인생을 살고 싶어도 고작 몇 년뿐이거든. 그건 알고서 한 말이야?"

내 인생을 살라고 말하던 과거의 나를 떠올리며 대답을 했다.

*   *   *

내 인생을 산다?

이런 말 하긴 우습지만 지금까지 난 염으로서의 인생을 살고 있었다.

염과 내(김철)가 정말 다른가라는 의문이 들긴 했지만 한 가지, 목표는 확실히 달랐다.

과거의 내가 하라는 대로 따라갈 생각은 없었다. 그러나 내 인생을 살아보는 것도 나쁘지 않을 것 같아 일단 그리해 보기로 했다.

'그렇다면 가장 먼저 내가 누구인지 알아야겠지?'

지금까지 의문으로 남겨뒀던 것을 알아보기로 했다.

손지남에게 전화를 했다.

"아직도 안 됐습니까?"

―전국의 무당들을 뒤지는 게 쉬운 줄 아냐? 지금 추리고 추려서 10명 정도까진 해놨는데 정확히 알려면 좀 더 알아봐야 해.

"절실함이 없어져서 그런 건 아니고요?"

―이 빌어먹을 놈이! 날 어떻게 보고…….

"됐고요. 10명에 대한 정보를 저한테 보내주세요. 제가 직접 찾겠습니다."

10명을 방문해 보고도 찾지 못하면 예전에 만났던 창천그룹 셋째인 류천석과 같이 다니던 지효린과 하룻밤을 자고 얻어낼 생각이었다.

―에잉! 하여간 성격 급한 건 알아줘야 한다니까. 조금만 참으면 될 걸 그새를 못 참고. 보내줄 테니 아니면 말해라. 나도 개인적으로 알아서 정리해 두마.

"그러시든가요. 근데 지혜는 잘 지냅니까?"

―3년 동안의 기억이 없어서 한동안 혼란스러워했는데 이젠 좀 괜찮은지 학교 졸업한다고 이번 학기에 복학했다.

"다행이네요. 안부 전해주십시오."

―그러마.

전화를 끊고 1분도 되지 않아 10명의 무속인에 대한 정보가 메시지로 들어왔다.

"가까운 곳부터 돌아볼까?"

서울에 두 곳이 있었다.

메시지 끝에 기다리기 싫으면 찾아가기 전에 예약을 하고 가라 추신이 있었기에 예약을 했다.

처음 방문한 곳은 서울 미아리고개 근처에 형성된 점성촌(占星村)에 위치한 집으로 일반 주택에 간판을 달고 영업 중이었다.

예약 시간을 지정해 줄 정도로 유명한 곳이라 많은 사람들로 북적일 줄 알았는데 의외로 한산했다.

"어서 오십시오. 어라? 많이 보던 얼굴인데……?"

거실 창으로 안에 있는 사람이 보이는 구조여서 집 안으로 들어서자마자 한복을 입은 사내가 나왔다.

"예약한 김철입니다."

"아아! 드라마에서 봤었군요. 일월신녀님은 지금 상담 중이시니 안으로 들어와서 잠시 기다리세요."

그가 안내한 방은 부적과 화려한 색의 그림이 몇 장을 제외하면 일반 가정집과 똑같았다.

"3월인데 아직 쌀쌀하네요. 차 한잔하세요. 그리고 이건 가격표입니다."

복채는 10만 원으로 이름에 비해 그리 비싸진 않았다.

돈을 지불하고 10분쯤 기다리자 앞에 손님이 나왔고 한복을 입은 사내는 들어가라는 신호를 보냈다.

"앉으세요. 무슨 일로 오셨죠?"

반말을 하며 내가 고민하는 바를 단번에 맞힐 거라고 생각했는데 선입견이 너무 강했나 보다.

고운 한복을 입고 단정히 머리를 틀어 올려 비녀를 꽂은 40대 초반의 무속인은 고민 상담사처럼 웃는 얼굴에 부드러운 목소리로 물었다.

"사실 길흉화복을 물어보기 위함이 아니라 알고자 하는 게 있어서 왔습니다."

"말씀하세요."

"혹시 이런 부적에 대해서 아십니까?"

난 내 두피에 새겨진 문신을 그린 종이를 보여줬다.

"잠깐 줘보시겠어요?"

그녀는 내가 준 종이를 자세히 바라보면서 연신 고개를 갸웃거렸다.

아무래도 내가 찾는 사람은 아닌 모양이었다.

그냥 일어나고 싶었는데 너무 진지하게 보고 있어서 일단 기다려 보기로 했다.

"처음 보는 형태로군요. 잡귀를 막는 부적과 비슷한 것 같으면서도 전혀 다르네요. 근데 이게 부적에 그려진 걸 그대로 베껴서 온 건가요?"

"아닙니다. 몸에 문신되어 있는 걸 베껴 가져왔습니다."

"역시 그랬군요. 부적이라기엔 몇 가지가 부족하거든요. 가령 기본적으로 부적의 힘이 유지되게 기를 불어넣는 부분이 전혀 없어요."

"그렇습니까? 전 전혀 모르는 문외한이라서."

"저도 어머니께 배웠던 기본적인 것만 알고 있어요. 다만 이걸 알 만한 분은 알고 있어요."

"그럼 소개 좀 시켜주시겠습니까?"

"그러죠. 한데 이곳 미아리가 아닌 강남에 계세요."

"혹시 강남의 일월보살님을 말하는 겁니까?"

"손님도 잘 아시는군요. 제게 신내림을 해주시고 가르쳐 주신 어머니이기도 하죠."

"감사합니다."

"그냥 가시는 건가요?"

자리에서 일어나자 일월신녀는 들어올 때와 다를 바 없이 물었다.

"제가 원하는 대답을 해주셨습니다."

"제가 보기엔 더 큰 고민이 있는 것 같아서 한 말일 뿐이에요."

"…그래 보입니까?"

"네."

"잘못 보셨습니다."

'혹시'라는 생각이 들었지만 얼마 전까지 어느 무속인보다 미래를 잘 보던 나였다.

막 문을 열고 나오는데 일월신녀가 말했다.

"돌아가요. 이곳은 당신이 있을 곳이 아니에요."

난 걸음을 멈출 수밖에 없었다.

"…무슨 의밉니까?"

"해답은 저도 모릅니다. 제가 말하고 있지만 제가 말하는 게 아니거든요. 전 그냥 전달자일 뿐이랍니다. 고민을 말한다면 상담은 해드릴 수 있어요."

'영업용 멘트였나?'

요즘 과거의 내가 한 말에서 숨겨진 의미를 찾다 보니 순간적으로 일월신녀의 말에 과민 반응을 한 모양이었다.

"아닙니다. 아무튼 조언 감사드립니다."

일월신녀의 집을 나와 일월보살의 집으로 향했다.

강남에 있어서 인지 일월보살의 집은 일월신녀의 집과 격이 달랐다.

"복채 가격표입니다."

"……"

복채 가격도 격이 달랐다.

"아름이한테 얘기 들었어. 부적에 대해서 알고 싶은 게 있다고? 줘봐."

야리야리한 일월신녀와 달리 일월보살은 무척이나 통통한 편이었다. 게다가 내가 상상하던 무속인의 모습 그대로였다. 근데 일월신녀의 이름이 아름? 어째 일월보살의 이름처럼 느껴지는 건 왜일까?

그녀는 문신 그림을 보더니 아미를 좁혔다.

"아는 그림입니까?"

"용도는 모르지만 누가 그렸는지는 알아."

복채가 전혀 아깝지 않은 소리였다.

"누굽니까?"

"내가 처음 신내림을 받았을 때부터 유명했던 사람이었어. 특히 그녀의 부적 실력은 당대 제일이라고 평가받을 정도였어."

"혹시 지금 어디에 계시는지 아십니까?"

"어디에 사는지는 몰라. 이미 오래전에 이름을 내리고 잠적했거든. 그게 내 나이 스물둘 때였으니까 벌써 30년 가까이 됐네."

"네에~?"

"크흠! 자, 잘 생각해 보니 40년 가까이 됐네. 나이가 드니 기억이 가물가물해."

"…어르신이 나이 들어 보인다는 게 아니라 저희 할아버지께서 24년 전쯤에 그분을 만났었습니다만."

"잠적했다고 해도 조용히 일이야 할 수는 있지. 하지만 우리 세계랑 전혀 왕래가 없는데 무슨 수로 알 수가 있겠나?"

맞는 말이었다. 조용히 살고자 하면 좁은 나라지만 숨기엔 충분히 컸다.

"그분 성함과 나이는 어떻게 됩니까?"

"송유정. 내가 가장 닮고 싶었던 사람이라 이름은 확실히 기억해. 나이는 나보다 일곱 살인가 많았을 거야. 정확한 건 모르겠고."

"일흔쯤 됐겠군요."

이름만 바뀌지 않았다면 찾을 방법은 많았다.

"한데 그 사람은 왜 찾는 거지? 그 그림이 어떤 용도로 쓰이는지 알고 싶어서인가 아님 대단하다는 소문을 들어서인가?"

"겸사겸사 몇 가지 물어볼 게 있어서 그럽니다."

"혹시 앞날에 대해 묻고 싶으면 아름이에게 가는 게 나을 거야. 장담하건대 자네가 찾는 송유정보다 영적인 능력이 강한 아이일 걸세."

"점을 보려는 건 아닙니다. 유익한 말씀 감사합니다."

"도움이 되었다니 다행이네. 참! 갈 때 사인 한 장만 해 줘."

"······."

"크흠! 내가 아니라 내 딸··· 내 손녀가 네 팬이라서 받아주려는 것뿐이야."

"…네."

사인을 해주고 밖으로 나와 방찬희와 도상엽에게 전화를 걸었다. 그리고 공짜로 부려먹을 수 있는 손지남에게도.

그리고 다음 날 우리나라 60세에서 80세까지의 송유정에 대한 정보가 내 손에 들어왔다.

＊　　　＊　　　＊

—어디야? 요즘 너, 너무 수상해.

최정연의 날 선 목소리가 들려왔다. 만나자고 했는데 송유정을 찾느라 차일피일 만남을 미루다 보니 화가 난 모양이었다.

"차도 못 들어가는 산길을 걷는 중이다. 내가 힘들어 헥헥대는 소리 안 들리냐?"

—그게 아니라 어느 년이랑 뒹굴고 있는 거 같은데?

"아니거든. 사진이라도 찍어서 보내줘?"

—아니. 그보다 잠시 후에 승인하라는 메시지 가면 확인 버튼만 눌러.

"뭔데? 위치 추적 앱이라도 되냐?"

—응. 자신 있으면 눌러.

꿀릴 것이 없었기에 승인 메시지가 도착하자마자 확인 버튼을 눌렀다.

"됐냐?"

─…진짜 지도에도 없는 길을 걷고 있네. 미안. 뜬금없이 전국을 돌고 있다고 해서.

최정연이 감정에 충실하다는 게 이럴 때 나타났다. 의심하다가도 위치를 확인하자마자 사과를 했다.

"그럴 수도 있지. 더 들어가면 통화가 안 될 수도 있으니까 걱정 말고. 올라가서 연락할게."

─응. 좀 이따 승인 메시지 가는 것도 확인해 줘.

"…또 뭔데?"

─이번 건 내 꺼. 통화하면서 어떻게 확인해. 그래서 성은이한테 부탁한 거야.

문득 류성은이 추적 앱을 통해 부적의 존재를 알게 되는 게 아닐까 하는 생각이 들었다.

그러나 스스로 생각해도 억지스러웠기에 곧 머릿속에서 지웠다.

"저긴가?"

차를 세워놓고 걷기를 40분, 연기를 모락모락 내뿜고 있는 굴뚝 옆에 위성TV 안테나가 있는 오래된 집 한 채가 보였다.

"실례합니다. 아무도 안 계십니까?"

사람이 보이지 않았지만 아궁이 위에 놓인 무쇠 솥에서 김이 나는 것을 보아 어디 멀리 간 것 같지 않았기에 큰 소리로 불렀다.

그때 20대 초중반쯤 되어 보이는 여자가 손에 풀떼기를 잔뜩 든 채 집 뒤에서 나오다 날 보곤 딱 멈췄다.

"할머니! 할머니! 손님 오셨어요. 제가 말한 대로죠? 오늘 손님이 올 거라고 했잖아요."

그녀는 뒤를 돌아보며 큰 소리로 외쳤고 잠시 후 하얀 백발의 할머니 한 분이 나타났다.

일단 평상에 앉으시구려. 난 손 좀 씻고 올 테니 넌 마실 거라도 가지고 오려무나."

평상에 앉아 잠깐 기다리자 아가씨가 뭔가를 달인 듯한 음료수를 갖다 줬다.

"크으~ 쓰네요."

"산에서 나는 각종 약초를 달인 물이에요. 건강에 좋은 거니까 많이 마셔요."

그녀는 그것을 주전자째로 가져다줬고 석 잔쯤 마셨을 때 할머니가 오셨다.

"그래, 무슨 일로 오셨소?"

"혹시 이 그림에 대해 아십니까?"

무속인인지 묻지 않고 다짜고짜 그림을 보여줬다. 한데 대답은 할머니가 아닌 아가씨에게서 나왔다.

"응? 이건… 령(靈)을 가두는 진인가? 들어오는 문을 열렸는데 나가는 문이 닫혀 있네. 이거 예전에 할머니한테 배운 건데 이름이 뭐였더라?"

할머니는 내 얼굴을 빤히 바라보면서 입을 열었다.

"수만부."

"아! 맞다. 수만부. 그림은 외우기 쉬운데 이름 외우는 건 너무 힘들어요. 근데 김철 오빠가 어떻게 수만부를 알아요? 아! 저 오빠 팬이에요. 오빠 딱 봐도 반짝반짝 빛나는 아우라가 있거든요. 호호호!"

정신 사나운 아가씨였다. 그러나 그녀 덕분에 내가 굳이 질문을 할 필요가 없었다.

"이 할미 생각엔 자신의 머리에 새겨진 것이라 궁금해서 오지 않았을까 싶은데. 안 그래요?"

앞에 있는 할머니가 내가 찾던 송유정이 확실해 보였다. 난 확인차 물었다.

"맞습니다. 할머니께서 새겨주셨습니까?"

"기억나네요. 눈이 펑펑 쏟아지는 날이었는데 명운 씨가 어린 당신을 업고 왔었죠. 아! 김명운이 할아버님의 성함인 건 알죠? 어린 시절부터 알던 사이라 그렇게 부르는 것이니 기분 나빠 하지 말아요."

"아! 조부님과 아시는 사이셨습니까? 그건 모르고 있었습니다."

송유정의 말투와 표정을 보아 그냥 아는 사이는 아닌 것 같았다.

"해방 전 일본군의 추적을 피해 우리 집에 잠깐이지만 숨어 있었을 때가 알게 되었죠. 그러다 해방 후에 군산에서 우연히 다시 만나게 되었고요. 어쨌든 당신의 머리에 새겨진 문신은 그날 내가 한 게 맞아요."

'이 할머니가 설마 군산에서 증조부님과 조부님이 잠깐 숨어 있었던 집의 그 여자아이?!'

난 언제라도 에너지 구를 발사할 생각이었기에 그 집을 자세히 살폈고 그때 방문을 살짝 열고 바라보고 있던 어린 소녀를 기억하고 있었다.

그때의 인연이 현재로 이어지고 있다는 것이 놀랍긴 했지만 그렇다고 난리를 피울 일은 아니었다.

"절 그때의 아이라고 생각하고 말씀 편하게 하십시오. 작은 할아버지에게 들어 제가 어떤 상태였는지 잘 알고 있습니다. 엄밀히 말하면 생명의 은인이신데요."

"후후! 그럼 그럴까? 한데 한 가지 알아둬야 할 게 있어. 내가 아니라 명운 씨가 널 살렸단다. 그러니 고마워하려면 네 할아버지께 하렴."

"…혹시 돌아가신 거 모르셨습니까?"

"아니. 잘 안단다. 자, 그럼 무슨 궁금한 점이 있는지 들어볼까?"

송유정은 담담하게 웃으며 말했다.

한데 그 담담한 웃음에서 그리움과 슬픔이 느껴지는 건…

분명 내 착각이리라.

"문신의 역할이 나갔던 령을 돌아오게 하는 것이라 들었습니다. 한데 혹시 나갔던 령이 아닌 다른 령이 들어올 수도 있는 겁니까?"

내가 가장 궁금했던 게 바로 이거였다.

솔직히 아직 어느 쪽 답도 들을 준비가 되어 있지 않았다.

"수만부는 나갔던 령을 불러오게 하는 것뿐만 아니라 잡귀를 막는 역할도 해요. 쉽게 말해 본래 몸 주인의 혼이 아니면 절대 접근할 수가 없어요."

대답은 이번에도 송유정이 아닌 젊은 여자의 입에서 나왔다.

작은할아버지의 말을 듣고 혹시 과거의 나인 염원이, 그리고 내가 김철의 정신체가 아닌가라는 생각을 했었다.

"다른 혼이 접근할 가능성이 만에 하나도 없는 겁니까?"

"그건 모르죠. 하지만 다른 사람의 몸에 다른 혼이 오래 머물면 정신이 붕괴된다고 들었어요. 제 말이 맞죠, 할머니?"

에너지가 떨어져 사라질 줄 알았던 과거의 내가 새로운 에너지를 얻어 살아 있었던 건 어린 김철에게서 에너지를 공급받아서는 아닐까.

'역시나 내 인생을 살라면서 이름을 부른 건 이런 의미에서였어. 그도 마지막엔 알고 있었던 거야.'

자신은 오류라는 말은 여전히 모르겠지만 그가 말한 것 중 또 하나를 알아냈다.

"나 역시 그리 알고 있단다. 한데 사실 이 부적엔 문제가 하나 있단다."

"어라? 할머니, 정말이요? 가만, 뭐가 문제지……?"

명희라 불린 아가씨는 내 머릿속에 그려진 문신 그림을 한참을 뚫어지게 쳐다봤다. 그런데 쉽게 모르겠는지 손톱을 물어뜯으며 말했다.

"으~ 모르겠어요, 할머니."

"당연하단다. 직접 머리를 보면 알 수 있을 거야."

"에? 직접 보면 다른 가요?"

"저 애 머리에 있는 문신 옆에 작은 상처가 있단다. 문신을 하는데 갑자기 깨어나 움직이는 바람에 생긴 상처인데 하필이면 위치를 알려주는 곳이라 걱정을 많이 했단다. 그러나 저 애가 건강한 걸 보니 다행히 찾았나 보구나."

"아! 무슨 말인지 알겠어요. 령이 제대로 찾아오게 하는 부분이 잘못되었었던 거군요?"

두 조손—두 사람은 많이 닮았다—말에서 하늘의 집에 있을 때 밑에서 당기던 힘의 정체를 짐작할 수 있었다. 지금까지 위치 정보가 잘못되어 다른 사람에게 빙의가 되었던 것이다.

'의심할 여지가 없구나.'

모르던 사실들을 하나씩 알아갈수록 내가 김철이라는 사실이 확실해지고 있었다.

"미안해. 우리끼리 얘기하고 있었구나. 한데 왜 그게 왜 궁금하지? 혹시 이상한 환청이나 증상을 앓고 있는 거니?"

"…아뇨."

"그런 일이 있으면 숨기는 게 능사는 아니란다. 더 궁금한 것이 있니?"

"없습니다."

"그렇구나. 그럼 여기까지 왔으니 풀떼기뿐이지만 점심이라도 같이 먹겠니?"

"하하! 안 그래도 좀 걸었더니 배가 고프네요. 준비하는 데 도와드릴까요?"

송유정은 꼬치꼬치 캐묻지 않았다. 다만 눈빛이 마치 모든 걸 꿰뚫어 보는 듯해 서둘러 시선을 돌려야 했다.

*　　　*　　　*

"남의 시선 따위 무시하고 즐기면서 살 거야. 해외에 나가 매일같이 맛있는 음식 먹고 멋진 남자를 만나 데이트도 하고. 그리고 특별히 너랑은 간혹 같이 자줄게."

시한부 인생이라면 어떻게 살 거냐는 내 질문에 허진경은 이렇게 대답했다.

"어떻게 살 거냐고 물은 거지 어떤 꿈을 꿀 거냐고 물은 건 아닌 것 같은데?"

"헐~ 매정하긴. 시한부 여자가 같이 자자는데 매정하게 거절하려고 했단 말이야? 역시 넌 인정이라곤 눈곱만큼도 없는 녀석이야. 나라면 네가 시한부라면 기꺼이 자줄 거야."

두 달 만이라 마음이 바뀌었나 했더니 여전했다.

허진경은 자신이 내뱉은 말을 일관성 있게 지키고 있었다. 여전히 나를 보고 반말을 했고, 이사장직을 맡지 않고 있었다.

"됐고. 커피나 한 잔 줘."

"No Sex, No coffee, No 존대, No 부탁."

"…참 어지간하다."

"너야말로. 나 같으면 귀찮아서라도 내 소원을 들어줬겠다."

"휴우~ 정말 이 누나를 어쩌면 좋아."

"가려고?"

"약속 시간이 조금 남아서 커피나 한잔할까 들렀는데 안 준다니 가야지."

"가. 나도 이거 마치고 퇴근해야 해."

처연한 척해 봐도 소용이 없었다. 입맛을 다시며 나가려는데 허진경이 갑자기 불렀다.

"김철!"

"왜?"

"조금 전에 시한부 얘기… 내 동정심을 유발해서 커피 얻어 마시려고 한 얘기지? 그렇지?"

"당연하지! 요즘 생활이 지루해서 뭘 할까 고민스러워서 물어본 것뿐이야. 시한부라는 조건을 걸어야 사람들이 정말 하고 싶은 걸 말해주거든."

"쳇! 그럴 줄 알았어. …커피 먹고 가. 단 오늘만이다. 다음엔 이런 꼼수를 써도 소용없어."

"헤헤! 그래 오늘만."

난 나가다 말고 다시 소파로 가 앉았다.

이러니저러니 해도 날 가장 신경 써주는 이는 허진경이었다. 어쩌면 그런 관심이 사라질까 두려워 그녀와 자는 게 꺼려지는 건지도 몰랐다.

"고민스러울 땐 일에 빠져봐. 그럼 딴생각이 별로 나지 않을 거야."

커피를 마시는데 허진경은 방금 전에 내가 한 말이 신경이 쓰였는지 한마디 했다.

"…하긴 바쁘게 지내는 것도 나쁘지 않겠네. 잘 마셨어. 다음에 봐."

허진경이 타준 커피를 마시고 약속 장소로 향했다.

과거의 내 말처럼 내 인생을 살아보려고 했지만 뭘 해야 할지 몰랐다.

주변 사람들에게 물어봤다. 한데 거의 대부분 가진 돈을 원 없이 쓰면서 향락을 즐기겠다고 말했다.

나쁘지 않은 생각이었다.

그러나 향락만 즐기는 것이 내 인생이라면 너무 슬프지 않는가. 그렇다고 딱히 뭔가를 하자니 생각나는 게 없었다.

"어서 와, 철아. 잘 지냈니?"

약속 장소로 들어가자 드라마 제작팀으로 보이는 두 명의 남자와 한 명의 여자가 기다리고 있었다. 게다가 생각지도 못했던 전수현도 함께였다.

"어! 아, 예. 오랜만이에요, 누나."

안부를 물었어야 했지만 현재 그녀는 안녕하지 못했다. 최근 같은 배우 출신의 남편과 이혼을 했기 때문이다.

시치미를 떼고 대답을 한 후 투자사 대표와 드라마 PD, 그리고 작가와 인사를 나눴다.

"김철 씨, 어떻게 생각 좀 해봤어?"

강윤호 PD는 애가 타는 듯 물었다.

거짓말이라고 생각했던 이민기 사장의 말이 진짜였다. 내가 드라마를 해야만 전수현도 드라마를 하겠다고 했다며 같이 일을 하자면서 얼마 전 전화를 했었다.

한창 송유정을 찾기 위해 떠돌아다닐 때라 생각해 보겠다고 전화를 하겠다고 해놓고 까맣게 잊고 있었다.

그러다 어제 만나서 얘기하자는 전화를 받은 것이다.

"진즉에 전화를 드렸어야 하는데 죄송합니다."

일단 사과부터 했다.

현재 내가 갑인 것처럼 보이지만 저들 입장에선 내가 아니어도 상관없었다. 다만 여주인공으로 한류 스타인 전수현을 쓰고 싶어 애가 타 있는 것뿐이었다.

1시간 전까지만 해도 거절할 생각이었다. 그러나 허진경의 말에 마음을 바꿨다.

"제안해 주신 역할 감사히 받겠습니다."

대한민국의 미래를 바꾸는 것에 온힘을 쏟다가 갑자기 에너지가 사라지면서 어찌할 바를 모르고 있었다. 그러니 좋은 방법이 생각이 날 때까지 차라리 그 시간을 연기로 메우는 것도 괜찮을 것 같았다.

"이야! 잘 생각했어! 전수현 씨와 함께할 수 있는 기회를 놓친다는 건 말도 안 되지."

"다행이에요. 저도 수현이 언니를 생각하고 쓴 글이었거든요."

"휴우~ 고마워, 김철 씨. 방송국 편성도 올 여름으로 결정돼서 빨리 촬영에 들어가야 했거든."

제작팀 세 사람은 날 설득할 요량으로 마음을 단단히 먹고 왔던 모양이었다.

내가 순순히 허락하자 그들은 잠시 서로의 얼굴을 마주 보다가 한 마디씩 했고 전수현도 빙긋 웃으며 말했다.

"잘됐다, 철아. 그럼 잘 부탁해."

"저도 잘 부탁드려요, 누나."

사실 그녀가 왜 내가 아니면 안 한다고 했는지 궁금했다. 낯을 가려 친해진 배우들과만 영화나 드라마를 찍는 건 아니었다.

궁금증은 이어진 술자리에서 알게 되었다.

작가는 주연배우들이 정해졌으니 얼른 가서 글 써야 한다고 들어가고 투자사 대표와 강윤호 PD는 PPL에 대해 심각하게 얘기를 나누고 있었다.

난 자연스럽게 전수현의 옆에 앉아 스트레스를 풀려는 듯 토해내는 그녀의 말을 듣고 있었다.

"내 남편, 아니, 이젠 전 남편이구나. 아무튼 그 인간은 바이였었어."

"바이요?"

"양성애자. 한 가지도 제대로 못 하는 인간이 이쪽도 저쪽도 다 건드리고 다닌 거지."

"충격이 크셨겠네요?"

"약간. 그 사실을 알았을 땐 우린 쇼윈도 부부 그 이상도 이하도 아니었거든. 사실 이혼 서류를 내놓으며 한 말이 더 웃겼어. 그래서 그냥 아무 말 없이 헤어지기로 한 거야."

연예인의 스트레스는 상상 이상이었다. 그래서 정신적인 병을 가진 이들이 상당했다.

그들 중 일부는 스트레스를 풀기 위해 술을 마시기도 하고 섹스를 하기도 했다

마약이 그러하듯 처음엔 적은 술에도, 정상적인 섹스에도 풀리던—풀렸다고 생각되던—스트레스가 점점 더 자극적이 되어가고 결국 일그러진 형태로 나타난다.

개인적으로 보면 안타깝지만 점점 자극적으로 변해가는 세상에선 특별하진 않았다.

"뭐랬는데요?"

"훗! 이제 바이가 아니라 게이가 됐대. 그저 내가 싫어졌다고 해도 찍어줬을 거야. 한데 꼭 그딴 식으로 말해서 내 잘못처럼 느껴지게 만들어야 속이 시원해?"

"진짜 게이가 됐을 겁니다."

딱히 위로의 말이 떠오르지 않았다.

그저 들어주는 것만으로 스트레스 해소에 도움 된다는 어느 전문가의 말을 믿을 수밖에 없었다.

이후로도 두 시간 동안 별의별 소리를 다 듣곤 자리에서 일어날 수 있었다.

다행인 것은 얘기할 때와 달리 자리에서 일어나자 그리 많이 비틀거리진 않았다.

전수현을 그녀의 매니저에게 인계하고 투자사 대표와 강윤호 PD는 좋은 곳에 가서 한잔 더 하자고 했지만 거절하고 대

리운전 기사를 부르려는데 메시지가 하나가 도착했다.

[너랑 한잔 더 하고 싶어. 어딘지 알지?]

전수현이었다.

'아까 자신이 어디로 이사했는지 몇 번이고 외울 때까지 주소를 가르쳐 주더니……'

고민은 길지 않았다.

인생에 빼놓을 수 없는 게 섹스지 않은가?

물론 전화기 끄는 걸 잊진 않았다.

*　　　*　　　*

"배터리가 나갔나?"

스마트폰을 바라보고 있던 류성은은 김철의 위치 정보가 사라지자 중얼거렸다.

혹시 어플에 문제가 생겼나 싶어 재시작을 해보기도 하고 전원을 껐다가 켜보기도 했지만 11시 7분에 신호가 끊어졌다는 메시지만 보일 뿐이었다.

김철의 스마트폰에 위치 추적 어플을 설치한 이후로 틈틈이 보던 것이 단 며칠 사이에 습관처럼 되어버린 그녀였다.

'바에서 술을 마시고 이상한 곳에 가려고 끈 건가? 아님…혹시 사고가?'

인터넷에 접속해 실시간 뉴스를 살펴보지만 김철이 사고가 났다는 기사는 보이지 않았다.

문득 아무리 인터넷 기사가 빨라도 아직 올라올 시간이 아님을 깨닫자 자신이 뭘 하고 있는지 깨달았다.

"휴우~ 내가 미쳤구나, 미쳤어."

툭!

류성은은 스마트폰을 침대에다 던져 버리고 집에서 일을 하기 위해 가져온 서류를 집어 들었다.

그러나 10분도 되지 않아 스마트폰으로 시선이 돌아갔다.

그때 갑자기 벨소리가 울렸다.

당신을~ 사랑해요! 어디를 보고 있나요? 날 봐요. 사랑에 빠진 소녀가 보이죠. 이제 안아주세요~

류성은은 자신의 마음을 말하는 듯한 벨소리로 해둔 여지민의 신곡이었다.

전화를 건 사람은 최정연이었다.

"응, 정연아."

―너 지난번에 설치한 위치 추적 어플 안 지웠지?

"어? …아아~ 그거. 완전히 잊고 있었네. 한데 왜?"

순간 뜨끔했지만 내색하지 않고 대답할 수 있었다.

―김철의 위치 한번 확인해 볼래? 내 스마트폰이 이상한 건

지 갑자기 연결이 끊겼다고 나와.

최정연도 위치 추적 어플을 보고 있었던 모양이었다.

"잠깐만."

류성은은 확인을 하는 척하고 말을 이었다.

"여의도에 있는 바(Bar)가 마지막 위치야. 현재는 연결이 끊어졌다고 나오고."

―내가 외국에 있어서 끊어진 게 아니라 철이 스마트폰이 꺼졌나 보네. 혹시 그 자식 이상한 곳 가려고 일부러 전화기를 끈 거 아닐까?

사람 생각은 비슷한 모양이었다. 류성은은 쓴웃음을 지으며 말했다.

"배터리가 없나 보지. 근데 지금 촬영 중 아냐?"

―잠깐 쉬는 시간. 아무래도 어플을 지워야 할까 봐. 없을 땐 뭘 하든 별로 신경 안 썼는데 자꾸 보게 되네.

"사람 심리가 원래 그렇지 뭐. 아마 나라고 해도 너처럼 그랬을 거야."

―품! 네가 잘도 그러겠다. 참! 내일모레가 가족 모임이라고 했었지? 너무 스트레스받지 말고 잘하고 와. 철이한텐 내가 잘하라고 말해둘게.

"으응……."

류성은은 가족 모임을 할 때면 새삼 김철이 최정연의 연인임을 실감하게 된다.

그리고 지금까지 김철을 향했던 마음이 그 크기만큼 죄책감이 되어 돌아왔다.

"미안해. 하루라도 빨리 이 일을 끝내야 하는데……"

—또 또! 그 소리. 몇 번이고 말하지만 내가 제안한 거니 네가 미안해할 이유는 없어. 그리고 이제 내년이면 후계자 문제도 끝나잖아? 그럼 넌 더 이상 결혼 관련해서 간섭받을 일도 없고. 그때 돌려받을 테니까 잘 보관했다가 넘겨줘.

"…당연히 그래야지."

류성은도 좋아하는 마음은 어쩔 수 없지만 김철을 최정연에게 보내줘야 한다는 것엔 이견이 없었다.

—그럼 다음 주에 보자. 내가 예쁜 선물 몇 개 사났는데 기대해도 좋을 거야.

통화가 끝이 났다.

류성은은 복잡한 얼굴을 한 채 스마트폰을 바라보다가 이내 결심을 한 듯 조작을 했다.

이제 검지로 삭제 버튼만 누르면 위치 추적 어플은 지워질 것이다.

"…내가 이렇게 우유부단할 줄이야."

손가락을 든 채 한참을 고민하던 그녀는 결국 버튼을 누르지 못하고 스마트폰을 침대에 다시 팽개쳤다. 그리고 그대로 침대에 누워 눈을 감았다.

심사가 복잡해서 서류를 본다고 눈에 들어올 것 같지 않았다.

*   *   *

"김 군, 성은이와 만난 지 얼마나 되었지?"

"흠! …네. 1년이 조금 넘었습니다."

나는 류현민의 물음에 씹고 있던 음식을 얼른 삼키고 대답했다.

"이제 적당히 사귄 것 같은데 슬슬 결혼을 생각하는 것도 좋지 않겠나? 내년에 성은이도 회사를 물려받을 테니 그 전에 결혼하는 것도 나쁘지 않을 것 같은데 말이야."

"쿨럭!"

하마터면 마시던 물을 앞으로 뿜을 뻔했다.

옆에 앉은 류성은을 흘낏 봤지만 당황하긴 그녀도 마찬가지.

그녀가 대답을 하면 오빠들에게 공격을 받을 가능성이 높아 보였기에 내가 대답을 해야 했다.

"사실 그동안 너무 바빠 얼굴을 자주 못 봤습니다. 장거리 연애를 하는 연인들과 다를 바 없었죠. 물론 그 이유만으로 미루자는 건 아닙니다. 결혼하기에 앞서 좀 더 알콩달콩 지내는 시간을 가졌으면 하는 게 제 작은 바람입니다."

"결혼을 해서 그렇게 하면 되지 않은가. 자네는 성은이를 사랑하지 않나?"

류현민답지 않은 막무가내 질문이었다. 죽기 전에 딸이 결혼하는 걸 보고 싶어 하는 아버지처럼 느껴질 정도였다.

"좋아합니다. 아니, …사랑합니다. 그러나 아직까지 시간이 조금 더 필요합니다."

나는 보란 듯이 류성은의 손을 잡고 말했다. 물론 사랑한다고 말할 때 그녀를 보며 살짝 윙크를 해 이것이 연기임을 상기시켰다.

"으~ 닭살. 철이 너는 부끄러움도 없냐? 아버지, 철이 말이 맞습니다. 아직 성은이 병도 제대로 치료 안 됐는데 무작정 밀어붙이면 오히려 역효과가 나타날 수 있습니다."

둘째인 류지석이 그동안 틈틈이 못 치는 골프도 함께 치고 술도 먹으면서 친해져서인지 내 편을 들었다.

이어 셋째인 류천석도 거들었다.

"저도 같은 생각입니다. 사실 객관적으로 철이 입장에선 딱히 좋을 게 없잖습니까? 돈이 없는 것도 아니고요."

"그래요, 아버지. 내년에 다시 생각해 보시죠?"

끝으로 류인석마저 두 사람에게 지지 않겠다는 듯 거들자 류현민은 살짝 미간을 좁혔다 펴며 말했다.

"험! 결혼시켜서라도 병을 고쳐야 한다고 길길이 날뛸 때는 언제고……. 김 군, 지금처럼 성은이에게 잘해주게. 밥이나 먹지."

"예, 회장님."

속으로 한숨을 내쉬며 다시 식사를 했다.

"건설 경기가 십여 년 동안 최악이라는 거 형도 알잖아? 그런데 회사 성장률로 후계자를 정한다는 건 말도 안 되는 일이야!"

"난 어떻고? 온갖 로비로 방통법을 통과시켜 사상 최고의 흑자를 냈는데 성장률은 고작 10퍼센트야. 게다가 중국이 성장하면서 내년엔 성장률이 잘해야 3퍼센트로 예측되고 있다고. 젠장!"

창천그룹 류씨 집안의 가족 모임의 하이라이트는 다과 시간이었다.

식사할 땐 규칙 때문인지 회사 얘기를 하지 않다가 다과 시간이 되자 본격적으로 얘기를 시작했는데 가관도 아니었다.

'바보들! 어차피 수긍할 일도 아닌 일을 왜 이렇게들 떠드는 건지.'

조용히 경청하며 차를 마시는 제스처를 취했지만 속으로 매번 같은 소리를 하는 그들을 욕했다.

게다가 류현민이 나타나면 찍소리도 못 할 거면서 그가 자리를 비우면 꼭 같은 소리를 반복했다.

'류 회장이 너희들이 이런 생각을 한다는 걸 모른다고 믿는 건 아니겠지? 그럼 그가 뭘 노리는지 생각해 보란 말이야!'

창업자 혹은 대주주가 자신이 원한다고 해서 회사를 마

음대로 할 수는 없었다.

법적으로 각 형제자매들의 정해진 상속분이 있었고 주주 일가보다 더 많은 주식을 가진 기관과 일반인 투자자들이 있었다.

류성은은 내년에 그저 자신의 맡고 있는 회사와 지주회사의 주식을 일부 가지게 될 뿐이었다.

그러나 칠 년이 지나기 전에 창천그룹의 회장직에 추대된다.

이유는…….

"형들은 매번 같은 얘기 지겹지도 않수? 어차피 아버지가 그런 얘기를 한 건 동기를 부여하기 위함이지 실제로 후계자를 정하기 위함이 아니잖아요. 이렇게 떠들 시간 있으면 그룹 이사들하고 술이나 드슈."

'……!!!'

난 차 마시는 걸 일순 멈추고 류천석을 바라보았다. 그가 알고 한 소리인지 아님 그냥 내뱉다가 얻어걸린 건지 알고 싶어서였다.

류천석의 말이 맞았다.

류성은이 그룹 회장이 되는 데는 류현민이 마지막으로 자신이 가지고 있던 주식을 그녀에게 준 것도 영향을 미쳤지만 가장 큰 영향을 미친 것은 후계자 선정 과정에서 창천화학을 그룹 수준으로 키웠다는 대외적인 명성과 주식을 가진 그룹 이사진을 완전히 구워삶은 덕분이었다.

'도저히 속을 모르겠군.'

류천석은 한마디 하고 더 이상 할 말이 없다는 듯 스마트폰을 만지작거리고 있었다. 어쩌면 그는 두 형이 무슨 얘기를 할지 알고 있어 딴 짓을 하는 척하는지도 몰랐다.

사실 나도 류인석, 류지석을 만날 때 그와 똑같은 얘기를 은근히 해줬었다.

그러나 돌아오는 대답은 언제나 비슷했다.

"어차피 우리가 회사를 맡으면 물갈이해야 하는 늙은이들이랑 노닥거리라고? 너도 정신 차려. 성장률이 2위지만 성은이에 비하면 한참 밑이니까."

"정신 차려라, 천석아! 밑의 사람들에게 잘 대해주는 것도 때가 있는 법이다. 지금은 바짝 조여야 할 때지 그들과 희희낙락할 때가 아니란 말이다."

두 사람의 말에 난 눈에 띄지 않게 고개를 흔들었다.

저들에게 정보를 줘서 류성은을 방해할 생각을 했다는 것이 개병신 같은 짓이었음을 새삼 깨달았다.

"그럼 이만 가보겠습니다. 오늘도 성은이는 제가 데리고 가겠습니다."

지루했던 다과 시간이 끝나고 자리에서 일어났다. 그리고 어떤 말에도 없는 사람마냥 행동하던 류성은을 데리고 밖으로 나왔다.

"고생했어."

차에 오르자마자 류성은이 말했다.

"너도. 어디로 갈까?"

1년이 넘는 기간 동안 우릴 뒤따르던 감시자들은 떨어졌지만 이젠 습관처럼 같이 시간을 좀 더 보내다가 헤어졌다.

"청계산 집으로 가자."

"…청계산?"

몇 번이고 실패를 맛본 곳이 좋을 리가 없었다.

아버지 집만 없었다면 청계산 방향으로는 오줌도 누지 않았을 것이다.

"왜? 외딴곳이라 무서워? 누가 잡아먹기라도 할까 봐 그래?"

"…헐! 그 누가 마치 널 지칭하는 것 같다? 나한테 진 사람이 할 소리는 아닌 것 같은데?"

"그럼 잡아먹어 보든가."

"…됐거든. 아무튼 멘탈이 갈수록 좋아지는구나."

가족 모임에서 쌓인 스트레스를 일부러 대범한 척하며 푼다는 걸 알았기에 청계산으로 차를 몰았다.

지난번 왔을 때와 딱히 달라진 것은 없었다. 다만 뭔가 작업을 하고 있는지 공구들과 나무가 마당에 뒹굴고 있었다.

"관이라도 만들고 있는 거냐?"

"평상. 곧 여름이잖아."

"이게?"

평상의 형체와 가장 닮은 것이 만들다 만 관처럼 보이는 것밖에 없었다.

"…이, 일반적인 모양이 아닌 이 집에 어울리는 모양을 만들려다 보니까 그런 거야!"

류성은은 발끈해서 외쳤다.

"손재주가 없다는 소리는 안 하네."

난 웃옷을 벗고 망치를 들었다.

할 일 없이 차를 마시며 불편해하는 류성은의 얼굴을 보고 있으니 차라리 평상을 만드는 편이 나을 것 같았다.

슥삭슥삭! 뚝딱뚝딱! 슥삭슥삭! 뚝딱뚝딱!

못을 박으려다 손가락을 때릴 때마다 뭐 하는 짓인가 싶었지만 일단 손을 댄 이상 멈출 수 없었다.

"됐냐?"

내가 목수 일에 능숙한 것은 아니었다. 그러나 간단한 구조였기에 톱질과 못만 잘 박으면 됐다.

"딱히 마음에 드는 건 아니지만 나쁘지 않네."

"그냥 부술까?"

"하여간 성격하곤. 고생했어. 근데… 라면 먹을래?"

"비싼 사람 부려먹고 고작 라면이 뭐냐, 라면이! 달걀도 풀어서 가져와."

"네네. 파도 듬뿍 넣어드리죠."

류성은이 부엌으로 들어가는 걸 바라보던 난 긴 한숨을 내쉬며 평상에 앉았다.

죽이려고 무던히도 애를 썼던 상대의 집에 와서 고작 한다는 짓이 평상 만들기라니.

'젠장! 앞으로 어떻게 될지 모르지만 오늘은 잊자.'

과거의 내가 남긴 메시지를 받고 많은 고민을 하고 있지만 아직 예정된 죽음을 순순히 받아들이진 못하고 있었다.

단 한 번의 시간 여행밖에 할 수 없는 에너지만 남았지만 방법은 없는 것은 아니었다.

'싸움을 꼭 과거나 미래에서 해야 한다는 법은 없으니까……'

씁쓸한 기분으로 라면이 나오길 기다리는데 공장에서 라면을 만들어 와서 끊이는지 빨리 나오지 않았다.

'저건 테이블을 만들려고 해둔 건가?'

그냥 나무를 통으로 잘라놓은 듯한 것들이 한켠에 뒹굴고 있었다.

이왕 시작한 거 끝을 내자는 심정으로 가장 큰 원기둥 모양의 나무를 적당한 곳에 고정시키고 넓고 굵은 상판을 올렸다. 그리고 작은 원기둥 모양의 나무를 의자처럼 네 곳에 배치했다.

"으그그그! 허리야."

워낙 무거운 통나무들이라 단전의 힘까지 개방시켜야 했지만 막상 만들어놓고 나니 괜찮아 보였다.

"나무껍질을 떼어내고 표면만 잘 다듬……?! 가만… 설마 이 테이블은……!"

일할 땐 몰랐는데 막상 완성시키고 머릿속으로 다듬는 상상을 하다 보니 미래에서 본 원목 테이블과 똑같았다.

묘한 느낌으로 테이블을 바라보고 있는데 류성은이 나왔다.

"뭐야? 테이블까지 만들었네. 거기 테이블 위에 나무 판 아무거나 깔아봐."

잘린 나무 판을 올리자 그녀는 양은냄비를 올리고 젓가락을 줬다.

뚜껑을 열자 한 개의 라면에 막 깨서 올린 달걀이 그 위에 떠 있었다.

"…넌? 안 먹어?"

"난 생각 없어. 먹어."

"그, 그래."

라면을 먹으면서도 묘한 느낌이 가시질 않았다.

"철아."

내 먹는 모습을 물끄러미 바라보던 류성은이 불렀지만 눈을 맞추기도 쉽지 않았다.

"으, 응?"

"나… 널 좋아해. 아니, 사랑해."

"······!"

난 라면을 들어 올린 채 그대로 얼어붙었다.

『인생을 바꿔라』 8권에 계속…

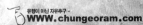

이모탈 퓨전 판타지 소설
FUSION FANTASTIC STORY

용병들의 대지
Road of Mercenaries

이 세계엔 3개의 성역이 존재한다.
기사들의 성역, 에퀘스.
마법사들의 성역, 바벨의 탑.
그리고… 그들의 끊임없는 견제 속에 탄생하지 못한

『용병들의 대지』

전쟁터의 가장 밑을 뒹굴던 하급 용병 아론은
이차원의 자신을 살해하고 최강을 노릴 힘을 가지게 된다.

그의 앞으로 찾아온 새로운 인생!
아론은 전설로만 전해지던
용병들의 대지를 실현시킬 수 있을 것인가!

Book Publishing CHUNGEORAM

FUSION FANTASTIC STORY

텀블러 장편소설

현대
천마록

천하를 호령하고, 전 무림을 통합한
일월신교의 교주 천하랑.
사람들은 그를 천마, 혹은 혈마대제라고 불렀다.

『현대 천마록』

무공의 끝은 불로불사가 되는 것이라 생각했지만
그로서도 자연의 섭리 앞에선 어쩔 수 없었다!

'그렇게 많은 피를 흘렸음에도 불구하고
죽을 때가 되니 남는 것이 없군그래.'

거듭된 고련 끝에 천하랑의 영혼이
존재하지 않게 된 그 순간
그의 영혼은 현세에서 천마로서 눈을 뜬다!

Book Publishing CHUNGEORAM

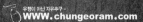

FUSION FANTASTIC STORY

가프 장편소설

시크릿 메즈
SECRET MEZ

─너는 10,000개의 특별한 뉴런을 더하게 되었어.
매직 뉴런, 불멸의 뉴런이지.

실험실 알바를 통해 만난 '6번 뇌'.
우연한 만남은 이강토를 신비의 세계로 이끈다.

『 시크릿 메즈 』

매직 뉴런을 탑재한 이강토의
정재계를 아우르는 좌충우돌 정의구현!
긴장하라, 당신이 누구든 운명은 이미 그의 손안에 있으니!

"무슨 꿍꿍이가 있는지, 어디 한번 봐볼까?"

Book Publishing CHUNGEORAM

유행이 아닌 자유추구─
WWW. chungeoram.com